我的第一套
最美神话故事

杨东龙 / 主编

霍桑给孩子的奇书神话

A Wonder Book for Girls and Boys

［美］纳撒尼尔·霍桑 / 著　　耿 丹 / 译

人民东方出版传媒
东方出版社

图书在版编目(CIP)数据

霍桑给孩子的奇书神话 / (美)霍桑著；耿丹译. -- 北京 : 东方出版社，2015
ISBN 978-7-5060-8185-6

Ⅰ.①霍… Ⅱ.①霍… ②耿… Ⅲ.①神话—作品集—美国—现代 Ⅳ.①I712.73

中国版本图书馆CIP数据核字（2015）第099731号

霍桑给孩子的奇书神话

[美]纳撒尼尔·霍桑 著　杨东龙 主编　耿 丹 译

责任编辑：张　旭　杨朝霞
出　　版：东 方 出 版 社
发　　行：人民东方出版传媒有限公司
地　　址：北京市东城区东四十条113号
邮政编码：100007
印　　刷：北京富达印务有限公司
版　　次：2017年5月第1版　　2017年5月北京第1次印刷
开　　本：710毫米×1000毫米　　1/16
印　　张：12.5
字　　数：173千字
书　　号：ISBN 978-7-5060-8185-6
定　　价：45.00元
发行电话：（010）85924663　85924644　85924641

不一样的"霍氏"神话（上）

提到神话，你最先想到的是什么呢？

通常而言，神话被理解为一种古老的、散文式的口头创作，它是原始人类最初依照想象而形成的，是先民们对自己以外的世界作出的一种解释。限于当时的认知水平和科学条件，先民们对很多的自然现象都不能作出科学的解释，于是，他们就创造出了很多基于现实又超越现实的神的形象，并以神话为形式幻想出了一系列关于神的故事。神话记录了早期人类对自然和自身的理解，对于宇宙万物的认识，以及在这一认识过程中所表现出的独特的思维方式。而神话故事，既是一种经典性的文学体裁，也是远古人类的一种知识体系和信仰体系。因此，科学来源于哲学，哲学来源于神话，要想帮助儿童打开世界文明和世界文学的窗口，甚至让他们爱上现代科学，恐怕首先还是要让他们先触摸神话故事。

古希腊作为西方历史和文明的始祖，它是神话当之无愧的开源之地。古希腊神话诞生于公元前8世纪以前，源于古老的爱琴文明，以卓越的天性和不凡的想象力而著称。这些神话里面，包含了许多无所不能的神和许多美丽的故事，它会告诉你天空中美丽星座的由来，告诉你一年为何会有四季，告诉你为何人间会有火种……

那么，现在你手头的这本书，就是关于希腊神话的。而且，这是一本神奇的书。

它就像是一个快乐优雅的精灵，不仅能激发你的想象，而且还可以带你任意遨游在充满幻想的太空。阅读这本书，就像是一次温暖、理想、唯美、勇敢的探险，不知道它在哪一个地方就会突然撞开你的心扉，让你在无比奇妙和炫丽的神话世界里，找到自己最想要的感动和精彩。你会不断地发现，原来自己竟然可以从中学到丰富的知识，体悟到善良的意义，培养出博大的胸怀和非凡的勇气！

说它是一本神奇的书，是因为这本书是由美国19世纪最伟大的浪漫主义作家纳撒尼尔·霍桑（Nathaniel Hawthorne）先生改写的希腊神话故事！他们两者之间的结合，就像是一杯会冒泡的苏打水，既让你觉得新奇，又给你提供丰富的营养。霍桑把这些经典的古希腊神话故事改写得既温暖又美丽，既纯洁又深刻，一定会让你在天马行空的神话世界里，找到一双神奇的"鞋子"，穿上它，你就可以飞翔或驰骋在五彩缤纷的神话乐园里，任意想象，随意幻想，获取属于你的快乐和成长。而这一点，相信只有在独特的"霍氏"神话乐园里才能体会和感受得到。

那么，大名鼎鼎的霍桑又是何许人也呢？我们还是先来了解一下这位作者先生吧。

1804年，纳撒尼尔·霍桑出生在美国的马萨诸塞州，大学毕业后就开始从事写作。他特别善于用浪漫主义形式反讽现实，作品中总是充满了丰富的想象力，深受成人读者的喜欢。但是，在霍桑的内心深处，他一直认同儿童文学创作的重要性。从1846年开始，霍桑就一直"处心积虑"地想

为孩子们写点东西，试图创作一些儿童故事集。到了1850年，他的代表作《红字》（*The Scarlet Letter*）正式出版，旋即轰动整个世界文坛。也就在同一年，霍桑举家搬到了莱诺克斯（Lenox）乡村的红色别墅。在这里，他终于找到了动笔的时机，开始创作这部日后大受欢迎的神话故事集，而这座红房子也顺理成章地成为了这两本神话故事集中丛林别墅的原型。

在这本故事集里，霍桑塑造了一位名叫尤斯塔斯·布莱特（Eustace Bright）的18岁少年，同时也带来了许多天真可爱的小朋友。这些小朋友总会在假期里相聚在丛林别墅，几乎每天都会央求尤斯塔斯给他们讲故事。于是，尤斯塔斯先后为孩子们讲述了六个希腊神话故事。每个故事都由三个部分组成：引言、正文和尾声，引言和尾声部分是尤斯塔斯和孩子们在丛林别墅的经历；而丛林别墅的门廊、繁阴溪边、游戏室、火炉边、山坡上和秃顶峰，都是孩子们听故事的地方。所以，在阅读这本书时，除了感受到希腊神话故事本身的魅力之外，小读者们还会不知不觉地被带进那个美丽的别墅和伯克希尔山间，和书中的人物一起体会美国雷诺克斯独特的乡村景色和春夏秋冬的四季变迁。

那么，霍桑先生的这些希腊神话故事与古希腊的神话故事到底有什么不一样呢？他又是怎样改写的呢？为什么说他在这里讲述的是一个个会"冒泡"的希腊神话故事呢？这些故事又是怎样让孩子们体会到不一样的快乐呢？那就要先说一说希腊神话本身啦。

你知道吗？与中国古典神话不同，古希腊神话里的神既有人的体态美，也有人的七情六欲，懂得喜怒哀乐，并参与人的活动。因此，古希腊神话在推崇心灵的救赎、人性的拯救、对美好事物的追求和对丑陋事物的鞭挞的同时，也从来不回避各种人性的邪恶和丑陋。它歌颂民族英雄对人类作出的伟大贡献，倡导坚韧、勇敢、执着和善良；但许多美好的故事，其实往往起源于某位神祇的嫉妒和贪婪……这种冲突的世界观，无疑会让小朋友在阅读过程中产生不小的迷惘。

于是，霍桑就这样当仁不让地来了。这位19世纪最伟大的文学家"勇敢地"砍掉了可能会导致种种迷惘的地方，将一个个经典的希腊神话改写成了适合小朋友阅读的纯净故事。

我们就以其中的《孩童乐园》为例吧。这个故事的原型是潘多拉的盒子，在古希腊神话故事中，潘多拉是火神用黏土做成的第一个人类女人，她的诞生本身就是主神宙斯对普罗米修斯盗火的惩罚，只为将她派到人间去诱惑普罗米修斯的哥哥，并将一个装满邪恶的盒子带给人类。虽然最后盒子的最底层飞出了"希望"，但潘多拉本身无疑是"嫉妒、仇恨、邪恶和诱惑"的化身。而《孩童乐园》里的潘多拉，却被霍桑写成了一个从不知忧愁和悲伤的孩子，她和普罗米修斯的哥哥是最好的朋友，纯真而快乐，从而巧妙地隐去了古希腊神话中黑暗和丑陋的一面。这个故事强调了小朋友旺盛的好奇心和偶尔的小淘气，很可能也会带来不可挽回的后果，从而教会孩子该如何去面对未知事物并控制自己的情绪。最后他还借"希望"之口对小朋友们说："'希望'会永远和你们在一起……伴随你们一生，永远不离不弃……亲爱的孩子们，我确信，你们终将会得到那个世界上最美好的东西！"

你发现了没有呢？冷冰冰的古希腊神话在遇到霍桑先生之后，竟然开始变得温暖、纯净和简单起来。小朋友只需记住故事本身的寓意，记住每一个神话故事传递给你的快乐和想象，这就足够啦！无需去管希腊众神中谁是谁的敌人、谁曾伤害了谁、谁曾辜负了谁。孩子本该是快乐的天使，阅读本来就是唤醒，就是要让孩子在快乐的成长中摆脱自私、冷漠和忧虑，获得勇敢、善良和无私。谁能做到这一点，谁就能赋予孩子最有意义的阅读体验。而善于提炼故事精华和揭示深刻寓意的霍桑，就是要给你一次这样的阅读经历，他会将你带入这本神奇的故事书当中，补偿经验世界的不足，获得快乐

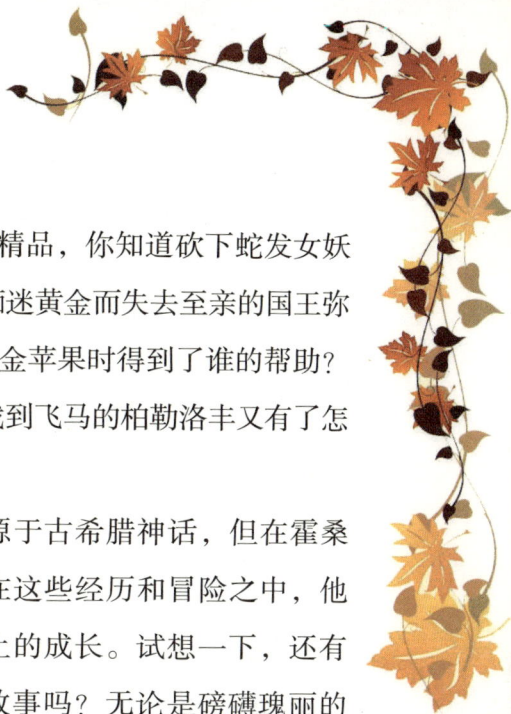

的成长。

本书中的其他故事也都是经典改写之后的精品，你知道砍下蛇发女妖美杜莎头颅的珀尔修斯有了怎样的改变吗？因痴迷黄金而失去至亲的国王弥达斯发生了什么样的变化呢？赫拉克勒斯寻找金苹果时得到了谁的帮助？两个老人博西斯和菲利门遇到了什么新鲜事？找到飞马的柏勒洛丰又有了怎样的奇遇呢？

这里的每一个神和每一位英雄人物都来源于古希腊神话，但在霍桑笔下又都有了自己全新的经历和冒险，然后在这些经历和冒险之中，他会告诉你一个深刻的道理，让你获得健康向上的成长。试想一下，还有能比这样的霍氏神话更能打动你的希腊神话故事吗？无论是磅礴瑰丽的希腊神话背景，还是霍桑用心良苦的打造，都会让你发现，这些全新美丽的希腊神话故事必定会在你成长的道路上永远熠熠生辉，永远快乐地"冒着泡儿"！

为了更好地帮助小朋友读懂霍桑留下来的这部经典神话，我们专门为每个故事增加了古希腊神话故事中的出场角色，其中包括各位人类英雄、众多神祇和怪物神兽。这是因为，古希腊神话体系过于纷繁浩大，故事枝节横生，所有神祇和英雄人物都彼此有着千丝万缕的联系，虽然霍桑并没有刻意保留某些故事元素，但他却完整保留了故事背景和众神及英雄人物的角色，因此也正是他在导演这些"演员"上演着一幕幕精彩绝伦的神话戏剧。

值得一提的是，本书中为小读者奉上精美插画的不仅包括19世纪末英国最伟大且最具影响力的儿童插画大师瓦尔特·克兰（Walter Crane，1845—1915）的手绘插图，还包括来自15—20世纪世界各地绘画大师创作的经典名画，这不仅是一次绝对惊艳的视觉享受，同时也会开启了解世界经典绘画作品的窗口，更会极大增强故事的阅读性，无疑会让孩子身临其境般地走进一个个故事当中，和故事中的角色一起感受惊心动魄、跌宕起伏的冒险经历。

好吧，就让我们一起走进霍桑的希腊神话世界中去吧，去徜徉在那个温暖、美好和幻想交织在一起的神奇乐园，去体会霍桑带给你的不一样的希腊神话。在这个被数字媒体过度熏染的时代，它一定会是你成长道路上最纯净、最营养、最难得一见的精神食粮之一！

本书与丛书中的《霍桑的丛林别墅神话》是姊妹篇，分别首次出版于1851年和1853年。霍桑为何要再次追加另外六个希腊神话故事？这期间到底发生了什么？敬请关注《霍桑的丛林别墅神话》和"不一样的'霍氏'神话（下）"。

译　者
2015年3月

前　言

长久以来，笔者一直坚信许多经典神话可以被改编成适合儿童阅读的故事。怀着这个初衷，他完成了这六个故事，并最后出版成册奉献给大家。对于这个写作计划，笔者保留了很大的自由度；但每个尝试用自己的智慧来改编这些传奇的人都会发现，他的神话故事不同于任何仅仅风靡一时的风格和情境，它们恒久留存，并且在改编之后依然保持其独有的魅力。

对于希腊神话这一被尊奉了几千年的古典之作，笔者无意去冒犯，但随着想象力的游骋，本书中的故事确实是被作了一定的修改。任何一个时代都没有人能自诩是自己创作了这些永恒的寓言故事，这些故事似乎天然存在，而非经过人工雕琢，只要人类存在，它们就永不磨灭。不过正因为如此，任何一个时代都可以赋予它们极具时代特色的风俗和情感，并会倾注符合那个时代的道德评判。而本书中的希腊神话已经被改头换面，它们与经典片段相去甚远，或者说，笔者并未刻意保留，甚至可以说它们已经披上了哥特式或浪漫主义的外衣。

这是一个令人愉快的写作任务，也是笔者文艺创作中最愉快的经历之一，因为它的确非常适合在温暖的天气里完成。他并没有为了迎合儿童的理解能力而故意把故事写得粗浅，也没有花太多工夫去修饰，只是完全追随原文的走势和自己的情感，不遗余力地使故事的主题尽量明亮开朗。只要故事简洁明了，无论立意如何高深，孩子们总是有着非凡的想象力和感知力去欣赏的，而矫揉造作和人为的复杂化却只能使他们更加困惑。

纳撒尼尔·霍桑

写于莱诺克斯

1851年7月15日

目 录

THE GORGON'S HEAD

·TANGLEWOOD·PORCH·

戈耳工的头
丛林别墅的门廊

引 言

这是一个美好的秋日的清晨，在乡间丛林别墅的门廊下，聚集着一群快乐的孩子，中间还有一个身材高高的年轻人。孩子们正计划一次探险，他们要去采坚果，而且此时已经迫不及待，就等着山坡上的薄雾快些散去。秋日的暖阳将洒满田野和草场，洒向色彩斑斓的丛林中的各个角落；到那时，这个美丽宜人的世界就会迎来最美好的一天。可直到现在，晨雾还依然弥漫整个山谷。

山谷中一个地势平缓的山坡高处，矗立着一所大大的房子。

房子周围的景色已经被山雾遮蔽起来，只能看见几枝树梢在忽隐忽现，红的、黄的，连同雾气一起被晨曦染上了金边。南边四五英里处就是纪念碑山，山顶像是飘浮在云端；更远处则高耸着塔克尼克圆丘，看上去朦胧中透着微蓝，水汽氤氲，飘渺得就像是浮在海面上。而近处，那些与山谷相邻的小山丘则半隐在雾中；山间散布着环状的云，层层环绕到山顶。总的来说，满眼望去尽是云雾，几乎看不到地面。

孩子们铆足劲，向下冲出了丛林别墅的门廊，尽情奔跑在石头小路或是沾满露珠的草坪上。我几乎数不清到底有几个孩子，可能至少有九个或十个，但绝不会超出十二个，有男孩有女孩，年龄不等，各有不同。他们有的是亲兄妹，有的是表兄妹，还有其他家庭的几个孩子，都是普林格尔夫妇邀请前来丛林别墅一起玩的，好让所有的孩子都能享受这宜人的天气。说实话，我不敢说出他们的真实名字，也生怕给他们取了其他孩子常用的名字，因为以我的经验，作家常常会因为不小心把真实名字用到故事角色中而招惹上麻烦。所以，我特意给他们取了几个新名：樱草花、长春花、香蕨木、蒲公英、蓝眼草、三叶草、黑果木、流星花、南瓜花、小乳草、车前草和金凤花。可以确定的是，比起称呼小孩子，这些可能更像是一群小精灵的名字。

小家伙们的家长肯定不想看到，在没有大人监督的情况下，就让孩子在树丛和田野里四处乱跑。可事实上，的确有人在管着他们。还记得故事开头提到的那个高个子年轻人吗？就是站在孩子们中间的那个，他的名字叫作尤斯塔斯·布莱特。对于他，我是必须要说出真实姓名的，因为他本人可是把这个讲故事的角色当作一种荣耀。尤斯塔斯是威廉姆学院的学生，我想，那时他应该是十八岁，一个会令小孩子们肃然起敬的年龄。所以他面对的只是一群年龄只及他一半或是三分之一的小家伙们，在樱草花、蒲公英、黑果木、南瓜花、小乳草这些孩子面前，他俨然就是一位长者。因为眼睛出了一点小毛病，尤斯塔斯只能在学期一开始时就请了一两个星期的假（如今许多大学生都有这个毛病，好像眼睛没有毛病就不能证明他们学习勤奋似的）。但在我看来，没有谁的眼睛能比尤斯塔斯·布莱特的眼睛看得更远。

和所有美国北部的大学生一样，我们这位博学的尤斯塔斯身材修长，脸色有些苍白，但神采奕奕，身体敏捷得像是鞋子上长了翅膀。顺便说一句，他一向喜欢赤脚过河和穿过草甸，而为了这次的小探险，他特地穿上了牛皮靴，而上身则穿着亚麻衬衫，头上戴着一顶布帽，鼻梁上架着一副绿色眼镜；与其说是为了保护眼睛，还不如说是为了让自己看上去更稳重一些。其实，不管是出于什么理由，他还真不该戴这副眼镜，因为淘气的黑果木很快就趁着尤斯塔斯坐在门廊台阶上休息时，偷偷爬到他身后，一把抓下眼镜，架到了自己的鼻子上。结果，这位大学生将眼镜忘得一干二净，而那只眼镜也只能一直静静地躺在草丛里，直到第二年的春天。

要知道，此时的尤斯塔斯·布莱特已经在孩子中间赢得了极高的名望，因为他有满肚子的故事。尽管当孩子们再三纠缠要他再多讲一个故事时，他会假装生气，但我觉得，除了给孩子们讲故事，再没什么事能让他更快乐。大家一直在等待晨雾散去，于是三叶草、香蕨木、流星花、金凤花和众多的伙伴们，开始纷纷恳求尤斯塔斯能讲一个故事。你看，一听到要他讲故事，尤斯塔斯的眼睛都亮了。

"没错，尤斯塔斯表哥，"十二岁的樱草花说，这是一个极其聪明的小女孩，眼睛里总是笑盈盈的，鼻子微微向上翘起，"你的故事总是会让我们迫不及待要听下去，也肯定特别适合今天这样的清晨。我们尽量不会在你讲到最精彩的时候睡着，免得伤害到你的感情，就像昨晚我和小流星花那样！"

"你好坏，"六岁的流星花喊道，"我没有睡着，只是在闭着眼睛想象尤斯塔斯表哥说的画面。晚上听他讲故事真好，可以在梦里想着他的故事。当然，早上听也很好，也可以在醒着的时候想！所以，真想让他现在就讲个故事！"

"谢谢你，小流星花，"尤斯塔斯说道，"看在你为我辩护的分上，

就该得到一个最棒的故事。只是孩子们，我已经给你们讲了那么多故事，所以有些怀疑，是不是这些故事，都已经让你们听了两遍以上。如果我再讲一遍，还真怕你们会睡过去。"

"不会，不会！"蓝眼草、长春花、车前草和其他几个孩子大喊道，"听了两三遍以后，我们会更喜欢那个故事的！"

对于孩子们来说，的确是这样。一个故事，当讲过不止两遍、三遍，甚至是无数遍之后，却反而能增加孩子对故事的兴趣。不过对于有着一肚子故事的尤斯塔斯·布莱特来说，他却反而不屑于让自己像一个年长的"故事家"那样，利用这个特点来给孩子们讲故事。

"先不说我有丰富的想象力，就像我这样一个有学问的人，面对你们这群小孩，如果还不能每天都找来一个新故事的话，那就太遗憾了。"尤斯塔斯说，"我现在来讲几个古老的神话故事吧，这些故事可是人类的地球奶奶还是个穿连衣裙的小女孩时，用来逗她玩的。故事大概有一百个，可我一直都很奇怪，这些神奇的故事，直到不久前才被编成适合男孩女孩阅读的绘画书。可在此之前，却只有那些长着灰白胡子的老爷爷在啃着发霉的希腊文大部头，做着无聊的学问，还在研究这些故事是在何时何地出现的，以及怎么出现和为何出现的。"

"好吧，好吧，尤斯塔斯表哥，"孩子们嚷了起来，"别再说这些故事是怎么来的了，快开始吧。"

"那你们可要乖乖坐好，"尤斯塔斯说，"得像蹑手蹑脚的小老鼠一样安静，否则如果有谁打断我，不管是任性的樱草花，还是蒲公英，或是其他人，我就用牙齿把故事咬断，把没讲完的部分吞下去。不过首先，我想问问你们，有谁知道戈耳工吗？""我知道。"樱草花说。

"好吧，"尤斯塔斯说道，他倒宁可这个女孩不知道，"大家都别讲话，我要给你们讲一个非常好玩的故事，一个有关戈耳工脑袋的故事。"

就这样，尤斯塔斯开始了，接下来你就会看到他的故事。作为一名大二学生，他极尽巧思地将自己的学问和从安通教授那里得到的大量素材融合在一起；可尽管如此，每当他大胆灵活的想象力迫使他不得不打破陈规时，他都会毫不顾忌任何古典文学的权威，按照自己的想法对这些美丽的希腊神话故事进行了改编。

出场角色

（*注：此处提及的众神及英雄和神兽等角色，其角色关系均出自于传统经典古希腊神话故事，其故事情节与霍桑在本书中的改写有所不同，且按出场顺序排列。）

戈耳工（Gorgon）：古希腊神话中三个恐怖的蛇发女妖，长有尖牙、头生毒蛇，她们当中的典型代表即是最小的女妖美杜莎（Medusa）。

珀尔修斯（Perseus）：古希腊神话中的大英雄，主神宙斯（Zeus）与凡人女子达那厄（Danae）之子。达那厄的父亲是阿耳戈斯王国的国王阿克里西俄斯（Acrisius），他听神谕说自己将死于外孙之手，于是便将女儿锁在一座铜塔里，不让她与外界接触。主神宙斯便化为金雨，令达那厄生下珀尔修斯；阿克里西俄斯只好将刚出生的婴儿和女儿一起赶走，将他们锁进木箱扔进大海，后来母子俩被渔夫救起，珀尔修斯在众神的暗中帮助下长大成人，之后又在众神的帮助下完成一系列伟大事迹，如砍下美杜莎的头、营救被锁在岩石上的仙女安得洛墨达（Andromeda），等等。

美杜莎（Medusa）：古希腊神话中戈耳工三女

妖之一，是戈耳工中唯一不能长生不死的，所以珀尔修斯才能砍下她的头颅并杀死她。

水银（Quciksilver）：即古希腊神话中的赫尔墨斯（Hermes）、罗马神话中的墨丘利（Mercury），主神宙斯之子，希腊神话中的众神信使。他们都有着一样的外表特征，脚穿带翼的凉鞋，头戴带翼的宽边帽，手持双蛇杖。本书中提到的水银的妹妹，很可能就是古希腊神话中的智慧女神雅典娜（Athena）。

格赖埃三姐妹（Graiae）：古希腊神话中海神福尔库斯（Phorcys）和海怪刻托（Ceto）的三个女儿，她们外表貌似天鹅，生来就共同享用一只眼睛和一颗牙齿，共用的东西靠手传递给彼此。

众神女（Nymphs）：也作"纽墨菲"，古希腊神话中居于山林水泽的神女，大地女神盖亚（Gaea）的女儿们。

戈耳工的头

珀尔修斯的母亲达那厄是一个国王的女儿。当珀尔修斯还是个婴儿时，一些恶毒的坏人就把他们母子扔进一个箱子，推到海里任他们漂走。海面上，狂风卷集的波浪推着箱子离开了海岸。惊涛骇浪中箱子上下颠簸，而箱子里的达那厄则将孩子紧紧搂在怀里，惊恐万分，生怕那些泛着泡沫的巨浪会吞噬他们母子两个。箱子就这样漂啊，漂啊，奇怪的是，它既没有沉没也没有被颠翻。在夜晚快要来临时，箱子漂到了一个岛屿附近，落在了一个渔夫的网里，最后被拉上了海滩。这个小岛就是塞里福斯岛，统治者是国王波吕得克忒斯，而这个渔夫恰好是国王的兄弟。

令人高兴的是，渔夫真是一位仁慈正直的好人，他始终善待达那厄和她的儿子，直到珀尔修斯长大成人。此时，年轻的珀尔修斯英俊强壮，充满活力，善于使用各种武器。但长久以来，国王波吕得克忒斯却一直关注着这对随着箱子漂泊而来的母子，他可不像他的兄弟那样善良友好，反而心地歹毒，于是他决定派珀尔修斯去执行一项危险的任务，最后借机杀掉他，并想方设法折磨达那厄。狠毒的国王想了很久，到底什么样的危险任务才能让那个年轻人送掉性命呢？最后，一个恶毒的想法浮上心头，他终于想到一个极其危险的任务，足以致珀尔修斯于死地。于是，他召来了年轻的珀尔修斯。

年轻人来到皇宫，看到国王正坐在高高的宝座上。

"珀尔修斯，"国王波吕得克忒斯狡黠地笑了笑，"你已经长大了，而且变成了一个如此出色的年轻人。你和你善良的母亲，一直受到我和我兄弟的照顾，希望你别介意，你是否也能回报点什么给我们呢？"

"请说吧，陛下，"珀尔修斯答道，"我愿意献出我的生命来报答您。"

"很好。"国王脸上的笑容并未退去，他继续说，"那么，我想请你去完成一个小小的冒险；你是一位勇敢而有魄力的年轻人，所以一定会抓住这个难得的机会，来证明你是出类拔萃的。你知道，珀尔修斯，我一直想娶美丽的希波达米亚公主为妻。按照惯例，我必须要送给公主一份来自异邦的礼物。但我不得不承认，到底什么礼物才能取悦这位品位高雅的公主，着实让我费了不少脑筋。不过就在今天早上，我很得意自己终于想到了一个极妙的礼物。"

"我能帮助陛下拿到这份礼物吗？"珀尔修斯心急地问。

"如果你和我想象中一样勇敢，就可以。"国王波吕得克忒斯尽可能和善地说道，"我想献给美丽公主的礼物就是，蛇发女妖戈耳工姐妹中美杜莎的头。帮我把那颗头颅带回来吧，全靠你了，亲爱的珀尔修斯。我急着想要迎娶公主，所以你越早带回戈耳工的头，我就会越开心。"

"明早我就会出发。"珀尔修斯答道。

"拜托了，勇敢的年轻人。"国王开心地说，"对了，珀尔修斯，你

世界名画 《珀尔修斯系列——充满劫数的岩石》（*The Perseus Series: The Rock of Doom*），油画，英国浪漫主义流派代表画家爱德华·伯恩-琼斯（Edward Burne-Jones，1833—1898）于1884年创作，154×128.6cm 。
画中珀尔修斯正在营救被锁在岩石上的仙女安得洛墨达（Andromeda）。

在割下戈耳工的头时，挥剑要利落点，千万不要伤了她的脸。你一定要完好无损地把头带回来，这样才符合希波达米亚公主高雅的品位。"

珀尔修斯离开宫殿，他并没有听到波吕得克忒斯在他离去后发出的狂笑，这个阴险的国王得意洋洋，因为年轻人已经落入他的圈套。珀尔修斯要去砍下美杜莎的头，这个消息很快便传开了，所有人都很高兴，因为岛上的大多数居民都和国王一样邪恶，他们很想看到达那厄母子遭遇巨大的不幸；而那个渔夫却是邪恶的塞里福斯岛上唯一的好人。所以每当珀尔修斯走过，这些人就在他背后指指点点，挤眉弄眼，提高声音嘲笑他。

"嘿！嘿！"他们大喊，"美杜莎头上的蛇会把他咬死的！"

现在，让我们再来看看戈耳工姐妹是谁。她们可是世界上最奇怪、最可怕的怪物，不仅前所未有，而且未来也不可能出现，我甚至不知道她们到底是属于哪种怪物。三姐妹都有点像是女人，可实际上却是可怕的恶龙。总之，你很难想象这三姐妹到底是怎样邪恶的生物；令人难以置信的是，她们头上的头发竟然是一百条巨蛇，互相盘绕，不断地扭动、蜷曲，还吐着信子，信子尖上还长着叉状的利刺。这些蛇发女妖长着可怕的长獠牙、黄铜色的爪子，全身披着鳞片，那些鳞片像是钢铁，坚硬得根本无法穿透；她们还有一对非常漂亮的翅膀，每根羽毛都由闪亮的纯金做成，当女妖在阳光下飞行时，这对翅膀无疑是非常耀眼的。

不过，每当她们闪闪发光地盘旋在半空中时，都不会有人会停下来看，反而会尽可能快地跑开并躲起来。你可能会想，他们是不是害怕被戈耳工头上的蛇咬伤？或是害怕会被她们丑陋的獠牙啃下脑袋？或是害怕被她们的铜爪子撕个粉碎？当然，可以肯定的是，这些都是极其危险的事，但却不是最危险的，也不是最难以抵挡的。这些丑陋的女妖，她们最可怕的地方就在于：一旦有哪个可怜的家伙看到她们的脸，他就会立刻从温热的血肉之躯变成冰冷的石头！

　　现在，终于知道那个邪恶的国王为了陷害无辜的珀尔修斯，提出的是一个多么可怕的要求。珀尔修斯仔细想了想，很快就发现能平安带回美杜莎头颅的希望很渺茫，反倒是自己很可能会被变成石头。先不说其他困难，仅仅变成石头就足以难倒一个比珀尔修斯还老练的战士，他不仅要和长着金翼、铁鳞、长牙、铜爪和蛇发的怪物作战，而且还必须要时刻闭着眼睛，一眼都不能看向敌人，否则只要刚刚抬起胳膊准备作战，自己就已变成了石头，而且还要这样站上好几百年，直到在风吹日晒中化为碎片。这对于一个想要在明朗美丽的世界里，作出一番大事业，并努力追求幸福的年轻人来说，的确是一件令人悲伤的事。

　　珀尔修斯想到这里，甚至有些不忍心告诉母亲自己已经接受了这个任务。于是，他拿起盾牌，带上宝剑，从小岛渡海来到一片大陆，找了一个人迹罕至的地方坐下来，几乎就要落下眼泪。

　　正伤心时，一个声音在他身后响了起来。

　　"珀尔修斯，"那个声音问道，"你为什么如此伤心？"

　　珀尔修斯抬起头，循声望去。他一直以为这里只有他一个人，没想到还有一个陌生人。这是一个动作灵活、机智聪慧且看上去相当精明的年轻男子，肩上披着斗篷，头上戴着一顶怪帽子，手里拿着一个奇怪的弯手杖，身上还挂着一把弯曲的短剑。这个男子的身体非常灵活，像是经常接受训练，非常擅长跳跃和奔跑。总之，陌生人看上去十分开朗、通达、热心（虽然还有些小恶作剧），但珀尔修斯只是这样看着他就感觉很快活了；况且作为一个勇敢的年轻人，珀尔修斯实在不想让人看到自己像个胆怯的孩子一样眼含泪水，毕竟，现在还没有到彻底绝望的地步。于是珀尔修斯擦擦眼睛，尽可能装出一副勇敢的样子，轻快地和陌生人说起话来。

　　"我并不是很伤心，"他说，"只是在想着即将要进行的一次冒险。"

　　"噢！"陌生人答道，"那和我说说吧，也许我能帮得上你。我曾

帮过许多年轻人，让他们完成了那些起初看上去都非常艰难的冒险。你可能也听说过我，我的名字还不止一个，不过'水银'是最适合我的。说说吧，我们可以好好聊聊，看看都能做些什么。"

陌生人的这番话的确让珀尔修斯的伤心一扫而空。他决定把所有的困难都告诉给水银，因为这样做也不会让他比现在更糟糕，何况这个新朋友说不定还能给他点意见，最后帮他渡过难关。所以他简要地说了一下目前的状况，比如国王波吕得克忒斯想要得到美杜莎的头，作为新婚礼物送给美丽的希波达米亚公主，以及他如何答应国王去拿到这件礼物，可又害怕会因此变成石头。

"那真是太遗憾了，"水银调皮地笑了笑，"你肯定会是一尊非常英俊的大理石像，在被风化吹走之前，还能站上好几百年。当然，谁都想当活生生的年轻人，而不是什么石头像。"

"噢，那当然，"珀尔修斯大声说，眼里又充满了泪水，"而且，我亲爱的妈妈怎么办，她心爱的儿子竟然变成了石头。"

"好吧，让我们祈祷结果不会那么糟，"水银安慰他说，"如果这世上还有人能帮你的话，那也只能是我。虽然现在看上去前途险恶，不过我和妹妹一定会竭尽全力帮你安全完成这次冒险。"

"你妹妹？"珀尔修斯问道。

"是的，我妹妹，"陌生人答道，"我敢保证，她聪明极了；至于我，也是相当机智的。如果你足够胆大心细，听从我们的安排，就绝对不用担心会变成石像。不过首先，你必须擦亮你的盾牌，直到它闪亮得能像镜子一样照出你的脸。"

就这样开始一段冒险，对珀尔修斯来说的确非常奇怪。他原本以为更重要的是让盾牌更加坚固，好抵挡戈耳工的利爪，而不是把盾牌擦得能照出人影。不过，他相信水银比自己懂得更多，于是便马上开工。珀尔修斯

《珀尔修斯系列——寻找美杜莎》（*The Perseus Series :The Finding of Medusa*），油画，爱德华·伯恩－琼斯于1882年创作，152.5×137.7cm。

勤快而用心地擦拭着盾牌，盾牌很快就闪亮得像一轮满月。水银在一旁微笑地看着，并赞许地点点头，然后便解下自己的弯短剑，把它挂在了珀尔修斯的身上。

"只有我的剑才能帮助你，"水银说，"这把剑的剑刃极为锋利，刺穿铜铁就像是削掉最嫩的枝条。现在，我们出发，去寻找格赖埃三姐妹，她们会告诉我们，在哪里能找到众神女。"

"格赖埃三姐妹？"珀尔修斯叫道，对他来说，这是此次冒险中的又一个新困难，"格赖埃三姐妹是谁？我从来没听说过。"

"她们是三个非常古怪的老妇人，"水银笑着说，"三个人只有一只眼睛和一颗牙齿，而且只能在星光下或暮色中才能找到她们，因为她们从来不会在太阳和月光下活动。"

"可是，"珀尔修斯追问道，"为什么要浪费时间去找这三个姐妹呢？我们马上出发去寻找可怕的戈耳工不是更好吗？"

"不，不，"这位朋友说道，"在找到戈耳工之前，我们还有些事要做，必须先找到格赖埃三姐妹，遇到她们时，戈耳工也就不远了。走吧，出发！"

珀尔修斯对这位伙伴的远见卓识有足够的信心，于是便不再反对，同意马上踏上冒险的征途。两个人走得很快，快得让珀尔修斯觉得自己很难跟上水银的脚步。说实话，珀尔修斯一直有个奇怪的想法：水银是不是穿了一双带翅膀的鞋子？所以才能一路健步如飞。珀尔修斯用眼角的余光瞥了一眼水银，发现他脑袋的两侧似乎长出了翅膀，可等他转过头仔细看时，却什么都没发现，只有他那顶古怪的帽子。原来是水银手中的弯拐杖帮了他大忙，可以让他跑得飞快，就算是珀尔修斯这么灵活的年轻人，也跟得上气不接下气。

"拿去吧！"水银终于把手杖丢给了珀尔修斯，他早就知道珀尔修斯

要跟上他的脚步会很吃力，"你比我更需要它。在塞里福斯岛上，还有比你跑得更快的人吗？"

"要是我有一双带翅膀的鞋，也能走得很快。"珀尔修斯狡黠地瞥了一眼同伴的脚。

"看来我也必须帮你弄一双！"水银答道。

不过，魔杖还是帮了珀尔修斯的大忙，他一点都不觉得累了。事实上，珀尔修斯手里的魔杖似乎拥有生命，还能借一些力量给他。现在，他可以一边和水银轻松前行，一边谈笑风生。水银给珀尔修斯讲了许多以前冒险的故事，以及大多数情况下自己是怎么运用智慧解决难题的，珀尔修斯开始觉得他非常神奇，显然，他见多识广；对于一个年轻人来说，这样一个通晓一切的朋友无疑会令人着迷。珀尔修斯越听越觉得兴奋，很希望自己能在聆听的过程中增长智慧。

最后，珀尔修斯终于想起来，水银曾提起过他的妹妹，并说她会助他们一臂之力。

"她在哪里？"他问道，"我们为什么不去马上见她？"

"适当的时候自然会见到她，"水银说，"不过你要知道，她和我可完全不一样。她很严肃，很少微笑，而且从不大笑。除非是特别深刻的东西，否则决不多说一个字；除非和她说话的人特别有智慧，否则她从不屑于听别人说话。"

"噢！"珀尔修斯叫出了声，"看来我还是一个字都别说了。"

"可我向你保证，她是一个多才多艺的人，"水银继续说，"她精通各种艺术和科学，总之她很聪明，以至于许多人都奉她为智慧的化身。不过，说实话，在我看来，她实在不够活泼。我想，如果让她来做你的旅伴，你肯定会觉得无趣，不可能像和我在一起这么开心。当然，她也有她的优点，当你遇到戈耳工时，就会发现她的好处了。"

　　此时天已经很黑。两个人来到一片极其荒凉的野地，到处都是乱蓬蓬的灌木，周围死一般的寂静，似乎没有人到过这里。昏暗的暮光下，这片废弃和荒凉的地方一点点变得模糊起来。珀尔修斯看了看四周，不禁有些担心，于是问水银是不是路还很长。

　　"嘘，"水银低声说，"别出声。我们该遇到格赖埃三姐妹了，就在这里。小心别让她们先发现我们，虽然她们只有一只眼睛，可却抵得上普通人的六只眼睛。"

　　"可遇到她们时，我该做些什么？"珀尔修斯问。于是水银告诉珀尔修斯，格赖埃三姐妹在使用她们仅有的一只眼睛时，似乎习惯三个人轮流用，那只眼睛就好像是一副眼镜，更准确地说，是一副单片眼镜。其中一个姐妹用了一段时间之后，就会把眼睛从自己眼窝里取出来，给下一个姐妹，然后下一个人会立即把眼睛装到自己头上，以窥视这个世界。这就很好理解，格赖埃三姐妹时时刻刻都只有一个人能看到世界，其他两位则是"眼前"一片黑暗；另外当眼睛在手里传来传去时，可怜的三姐妹就什么也看不到了。我平生也听到过许多奇怪的事，也亲眼目睹过一些，可对我来说，没什么能比格赖埃三姐妹只用一只眼睛看世界更加奇怪了。

　　珀尔修斯听完之后也非常震惊，还以为水银在开玩笑，世界上真有这样的老妇人存在吗？

　　"你很快就会知道我说的是真是假，"水银说道，"听！轻一点，嘘，她们来了！"

　　透过浓重的暮色，珀尔修斯果然看到不远处走来了三个老妇人。由于光线太暗，他辨别不清她们的身形，只看到她们长长的白发；等到走近一些后，才看清三姐妹中有两个人的额头中间只有空空的眼窝。但第三个人的额头正中，却有一只硕大、明亮的眼睛，就像是戒指上的巨大钻石在闪闪发光；而且这只眼睛看上去非常机警。珀尔修斯忍不住在想，这只眼睛

世界名画 《墨丘利》（*Merkur*），墨丘利即为本书中的水银，作者未知。

一定拥有一种能力，能在最黑暗的午夜看清所有东西，就像在白天一样；而这唯一的一只眼睛一定是三姐妹的眼睛融化后凝结成的精华。

就这样，三姐妹悠然自得地走了过来，就像每个人都有眼睛一样。而暂时拥有眼睛的那个人用手牵着另外两个人，一直警惕地看着四周，那眼神异常锐利，珀尔修斯有些担心她甚至能透过密密的灌木丛，看到藏在后面的自己和水银。噢！被这样一只机警的眼睛看到，简直太恐怖了！

可还没等她们接近灌木丛，其中一个姐妹便发话了。

"姐姐！稻草人！"她大叫道，"你的时间够长了，也该轮到我了！"

"再让我多看一会儿，噩梦妹妹，"稻草人姐姐回答说，"我好像看到那边密密的灌木丛后面有什么东西。"

"噢，你怎么能这样？"噩梦有些急躁，"你能看穿那个灌木丛，我就不能吗？眼睛是你的，也是我的，我当然知道怎么用它，说不定我能看得比你清楚。快给我看看！"

第三个名叫"摇关节"的姐妹终于开了口，她抱怨说本该轮到自己用眼睛了，可稻草人和噩梦总是想把眼睛据为己有。为了解决这场纷争，稻草人把眼睛从自己的脑袋上摘了下来，握在手里。

"好吧，随便是谁，赶紧拿去！"她大叫，"这样争吵真是太愚蠢了。对我来说，我还乐得休息一会儿呢。不过你们动作快点，否则我就再把它装回自己头上去！"

噩梦和摇关节都立即伸出了手，急切地摸索着，想要从稻草人手里抢走眼睛。可是由于两个人什么都看不见，很难找到稻草人的手；而稻草人此时也和另外两姐妹一样什么都看不见，也没办法立即找到她们两个的手。聪明的小听众们，你们用半只眼睛也能看得出来，此时此刻这三姐妹正陷入一场古怪的混乱之中。虽然稻草人手上的这只眼睛像颗星星一样闪闪发光，可三姐妹越是急躁，就越拿不到它，结果三个人同时陷入了完全的黑暗之中，连一丝光亮都没有。

看到摇关节和噩梦两个人正摸索着想要拿走眼睛，三个人正在彼此互相指责，水银忍不住笑了出来。

"机会来了！"他低声对珀尔修斯说，"快！冲过去！赶在她们任何一个人抓到眼睛塞进自己头上之前，从稻草人手里把眼睛抢过来。"

就在三姐妹还在相互指责时，珀尔修斯一下子蹿出灌木丛，抢走了眼睛。这真是一只神奇的眼睛，珀尔修斯把它捧在手里，看它发出明亮的光芒，机警地盯着自己的脸，像是能一眼看穿自己的心思。这只活灵活现的眼睛，似乎只要给它一双眼皮，就能立刻眨起来。可格赖埃三姐妹好像还不知道发生了什么，都以为是另外的姐妹拿走了眼睛，于是她们又开始争吵起来。最后，就连珀尔修斯也不想让这些体面的老妇人陷入更大的麻烦，他觉得自己应该出面解释一下。

"敬爱的夫人们，"他说道，"请不要这样。如果真的有谁做错了什么，那就是我；因为是我有幸拿到了你们这只明亮非凡的眼睛。"

"你！是你拿走了我们的眼睛！你是谁？"格赖埃三姐妹尖叫了起来；她们十分害怕，因为这是一个陌生的声音，而且眼睛此时正落入一个她们根本猜不到是谁的人手里，"啊！我们该怎么办，姐妹们？该怎么办？我们现在什么都看不见！把眼睛还给我们！那是我们唯一的眼睛，还给我们！你自己已经有了眼睛！快把我们的眼睛还回来！"

"对她们说，"水银低声对珀尔修斯说道，"只要她们告诉你去哪里能找到众神女，让你拿到飞行鞋、魔法袋和隐身头盔，就把眼睛还给她们。"

"亲爱、善良而又令人尊敬的夫人们，"珀尔修斯对三姐妹说，"你们不用这样惊慌，虽然让你们陷入如此的恐惧之中，但我绝对不是一个坏

珀尔修斯与格赖埃三姐妹（瓦尔特·克兰，Walter Crane，1845—1915，手绘插图。）

人。只要你们告诉我，去哪里才能找到众神女，我就立刻把眼睛完好无损地还给你们，它还会和以前一样明亮。"

"众神女！噢！姐妹们，他说的是什么？"稻草人大叫道，"人们所说的众神女是指很多神女，有的在林中狩猎，有的住在树上，还有的喜欢住在泉水里。可我们和她们并不熟，我们只是三个游荡在暮色之中的可怜的老太婆，三个人只有一只眼睛，还被你偷走了。噢，亲爱的陌生人，把眼睛还给我们吧！——不管你是谁，请把它还给我们吧！"

说着三姐妹摸索着伸出双手，竭力想要抓到珀尔修斯，可被珀尔修斯小心地躲了过去。

"敬爱的夫人们，"受到过良好教育的珀尔修斯十分礼貌地说道，"我现在正牢牢地抓着你们的眼睛，我会替你们好好保管它，直到你们愿意告诉我去哪里才能找到这些神女。我是说，那些拥有魔法袋、飞行鞋和隐身头盔的神女。"

"可怜可怜我们吧！姐妹们！这个年轻人到底在说什么？"三姐妹惊恐地大叫着，"飞行鞋？看他说的。如果他傻得能把那种鞋穿上的话，他的脚跟会飞得比头还高。还有那个隐身头盔！头盔怎么能隐身呢？除非头盔大得能把他完全罩住。魔法袋！我真怀疑它能用来做什么？不，不，年轻人，我们根本不知道这些神奇的东西。你自己不是有眼睛吗？而我们三个人只有一个。比起我们三个瞎眼的人，你好像更容易找到这些神奇的东西。"

珀尔修斯听到这里，开始真的认为这三姐妹完全不知情，而且他也为自己给她们带来这么多麻烦而感到难过，于是他准备把眼睛还给她们，然后再为自己抢走眼睛的无礼行为向她们道歉。可这时水银突然抓住了他的手。

"别被她们给骗了！"他说，"这世上只有格赖埃三姐妹才知道去哪里找到那些神女；而且如果没有她们的消息，就永远不可能成功砍下美杜莎的头。把那只眼睛抓牢，事情会很顺利的。"

果然，水银是对的。世界上很少有能像视力这样会永远受到人们珍视的；何况，格赖埃三姐妹要想与常人无异，本该拥有六只眼睛，可现在她们把六份感情全部投注到了唯一的这只眼睛里。一旦发现除了向珀尔修斯和盘托出，再没有其他办法可以取回眼睛时，她们也没有别的选择。珀尔修斯得知有关神女的消息后，立即满怀敬意地把眼睛装回了一个姐妹的额头上，并向她们表示了感谢，之后礼貌告别。还没等年轻人走远，三个姐妹又开始了争吵。原来，珀尔修斯刚刚碰巧又把眼睛安到了稻草人的头上，而在碰到珀尔修斯之前，她本该是把眼睛让给其他姐妹的。

格赖埃三姐妹总是习惯于争吵，从而破坏了她们之间的和谐，这倒是挺可怕的。更何况失去任何一个姐妹，她们其实都会觉得非常不便，她们注定要相互依存、永不分离。作为一个基本的做人准则，我建议所有小朋友，不管是兄弟姐妹，不分年龄大小，如果你们也彼此共用一只眼睛，那么请一定要培养相互容忍之心，而不是争先恐后地想夺走眼睛。

此时的水银和珀尔修斯正沿着一条最近的捷径去寻找众神女。三姐妹给了他们详细的指引，使得他们很快就找到了神女。原来这些神女和三姐妹完全不一样，她们年轻美丽，每个人都有一双异常明亮的眼睛，并且目光和善地看着珀尔修斯。她们似乎和水银非常熟悉；当水银和她们说起珀尔修斯即将完成的冒险任务时，她们毫不吝啬地把自己的宝贝送给了他。首先，她们先拿出了一个像是小钱包的东西，由鹿皮制成，上面绣着奇特的纹饰，神女们请珀尔修斯一定要把它保管好，因为这就是魔法袋。接着，她们又拿出一双鞋子，看上去像是拖鞋或凉鞋，鞋跟处还有一对漂亮的小翅膀。

"穿上它，珀尔修斯，"水银说，"这样在接下来的旅程里，你会发现自己的脚步会随心所欲且轻盈无比。"

珀尔修斯在众神女的帮助下全副武装（瓦尔特·克兰，手绘插图。）

于是珀尔修斯开始穿鞋，他拿起其中一只，把另一只放在身边。可没想到这只鞋展开了小翅膀，扑腾着飞离了地面。如果不是水银一个箭步当空抓住，它可能就飞跑了。

"小心一点，"水银一边把鞋子还给珀尔修斯，一边说，"如果让鸟看到有只鞋子在空中和它们一起飞，可是会被吓到的。"

当珀尔修斯把两只神奇的鞋子穿上后，身体已经轻飘飘地完全没法在地面上行走。看！他只走了一两步，就完全蹦到了空中，飘在了水银和神女的头顶上，而且想要回到地面都很困难。这双长了翅膀的鞋子，和所有类似的高空飞行器一样，在完全适应之前，都很不容易驾驭。水银打趣着身不由己的珀尔修斯，告诉他不要着急，要等拿到隐身头盔才能正式上路。

善良的神女们这时拿出一个头盔，头盔上插着一根黑色的羽毛，准备戴到珀尔修斯的头上。我要说的是，此时发生的事真叫离奇！在戴上头盔以前，站在我们面前的珀尔修斯是一个英俊的年轻人，金色的卷发，红润的脸颊，腰间挂着弯弯的佩剑，手里拿着锃亮的盾牌，简直就是一个浑身充满了勇气、活力和光辉的英雄。可当头盔盖住他白皙的额头之后，珀尔修斯却不见了！除了空气，什么都没有！就连那顶头盔也消失了！

"你在哪儿，珀尔修斯？"水银问。

"为什么这么问，我还在这里啊！"珀尔修斯平静地说，声音听上去就像是从透明的空气里发出来的，"就在我刚刚站着的地方。你看不见我吗？"

"还真是看不见，"水银说，"你完全被藏在头盔底下了。不过，如果我看不见，那戈耳工也不会看见。走吧，跟我练习一下该如何熟练使用这双长翅膀的鞋。"

说着，水银帽子上的翅膀也伸展开来，头似乎就快要飞离肩膀；可事

实上，他的整个身体都轻飘飘地升到了空中，珀尔修斯也跟了上去。两个人升到几百英尺的空中时，珀尔修斯开始觉得，能够离开沉闷的地面，像鸟儿一样轻快地飞在空中，真是一件愉快的事情。

此时正是深夜。珀尔修斯抬头望去，看见了又圆又亮、闪着银光的月亮，心里涌起一股迫切的渴望，真想飞上月亮，在那里度过余生。他又低头向下看，看见地球上的大海和湖泊，还有银色的河道，以及积雪的山峰、辽阔的田野、黑色的树丛和城市里白色的大理石建筑；而月光沐浴下的景色看上去简直可以和星星月亮媲美。他还看到了塞里福斯岛，那是他亲爱的母亲所在的地方。有时，他会和水银靠近一片云朵，远远看去，这些云就像是银色的羊毛，可一头扎进去，却发现周围根本全都是湿冷的灰色雾气。不过他们飞得很快，一瞬间，就又从云朵里钻了出来，飞翔在月光下。还有一次，一只高飞的老鹰竟直直地冲向隐形的珀尔修斯！不过最壮丽的景象还要属流星，它们会闪着光突然迸射而出，像是在空中点亮了篝火，让他们周围几百英里以内的月光都显得黯然失色。

两人就这样在天上飞着，珀尔修斯突然听到身边似乎有衣服沙沙作响的声音。虽然他只能看见水银，但这响声却并不是水银发出的，而是来自他身体的另一边。

"是谁？"珀尔修斯问道，"我身边一直有沙沙的声音。"

"哦，是我妹妹，"水银答道，"我和你说过的，她现在正和我们一起飞。没有她的帮忙，我们可什么都做不成。你想象不到她的智慧，而且她还有一双神奇的眼睛。看，虽然你现在正在隐身，可她却能把你看得清清楚楚。我敢肯定，一定会是她最先发现戈耳工。"

他们在空中急速飞行，此刻大海已经出现在眼前，而且很快，他们就飞到了海面上。远处，巨浪在海的中央剧烈地翻滚，时而在长长的沙滩上翻起层层白浪，时而撞上岩壁峭崖，溅起水花，发出雷鸣般的声音；而这

世界名画 《珀尔修斯系列——珀尔修斯的召唤》（*The Perseus Series: The Call of Perseus*），布面油画，爱德华·伯恩-琼斯于1877年创作，152.5×127cm。

一切传到珀尔修斯耳中时，已变成了温柔的低语，就像是婴儿入睡时说的梦话。这时，一个声音从珀尔修斯身边传来，像是悦耳的女声，虽称不上甜美，但却庄重而温和。

"珀尔修斯，"那个声音说道，"戈耳工就在那里。"

"在哪儿？"珀尔修斯叫出了声，"我看不到她们。"

"就在下方岛屿的海岸上，"那个声音答道，"扔一块小石子下去，正好可以砸到她们。"

"我就说肯定是她会第一个发现她们，"水银对珀尔修斯说，"戈耳工就在那里！"

珀尔修斯看到下面两三千英尺的地方有一座小岛，海浪拍打在周围布满礁石的海岸上，激起层层的白沫，只有一侧是白色的沙滩。他下降之后认真地看着那簇或是那堆闪着光的东西，那光就在陡峭的黑色岩石脚下。啊，那正是可怕的戈耳工姐妹！伴着大海巨浪的轰鸣，她们正躺在那里睡觉。要把这样凶残的怪物哄睡，需要的正是这种对于人类来说震耳欲聋的声响。戈耳工的翅膀懒懒地垂在沙滩上，在月光的照耀下，她们的钢鳞和金翼正闪闪发光；那些可怕的铜爪，正紧紧抓着被海浪冲击成碎片的岩石，梦中的她们也在把哪个可怜的家伙撕成碎片。她们头上的那些毒蛇头发似乎也在睡觉，偶尔会有一两只扭着身子，抬着头，吐着信子，发出沉沉的咝咝声，然后又扎进其他蛇发之中。

这三个姐妹看上去更像是可怕的巨型昆虫，比如硕大的金翼甲虫，或是蜻蜓之类的，虽然丑陋，但却十分华丽，只是比普通昆虫的身形要大上成千上万倍。除此之外，她们也有一点像是人类。对于珀尔修斯来说，还好她们的睡姿把脸完全遮住了，否则只要看上一眼，他会立刻变成毫无知觉的石头像，从空中重重地摔下来。

"就现在，"水银飞到了珀尔修斯身边，低声说，"现在正好动手！

快，不然等到其中一个醒来就太晚了！"

"要对付哪一个？"珀尔修斯说着拔出剑，身子也降了下去，"这三个看上去都差不多，都有蛇发，到底哪一个是美杜莎？"

要知道，在这三个龙形怪兽当中，珀尔修斯只能砍下美杜莎的头。因为其他两个，任凭他拿着的是一把最锋利的宝剑，即使砍上一小时，也丝毫伤不了她们。

"小心点，"之前那个冷静的声音又响了起来，"其中一个戈耳工马上就要在睡梦中翻身，那个就是美杜莎。不要看她，否则你会变成石头！你可以利用手中明亮的盾牌，看到她脸庞和身体的倒影。"

珀尔修斯现在才明白当初水银为何极力劝说他把盾牌擦亮，此时他可以安全地通过盾牌表面，看到戈耳工脸庞的倒影。月光正倾泻下来，戈耳工可怕的面容在光亮的盾牌里一览无遗。毒蛇们正在美杜莎的额头上不安地扭动，而那张脸，是超出所有想象的最凶狠最可怕的脸，可同时又散发着一种奇特而又令人生畏的野性美。美杜莎双眼紧闭，正陷入沉沉的昏睡中，但又带着些许不安和焦躁的神情，这个怪兽像是在做噩梦，咬牙切齿，铜爪正深深地嵌入沙子之中。

那些蛇似乎感应到了美杜莎的梦境，也越来越不安起来。它们打着结的身体在剧烈地扭动，闭着眼睛，抬着蛇头，发出咝咝的叫声。

"就现在！"水银有点心急地轻声说，"快冲上去！"

"一定要镇定，"那个悦耳的声音又在珀尔修斯身边响起，"你飞下去时，眼睛一定要看着盾牌，并且一定要一剑命中。"

珀尔修斯小心翼翼地飞了下去，同时从盾牌里盯着美杜莎的脸。他越来越接近，而美杜莎恐怖的面容和铜爪铁鳞也显得越来越可怕。最后，在距离美杜莎只有一臂之遥时，珀尔修斯举起宝剑，而那些蛇也都同时蹿向空中，美杜莎睁开了眼睛。可惜她醒得太迟了，宝剑如此锋利，只见剑光

珀尔修斯与戈耳工三姐妹（瓦尔特·克兰，手绘插图。）

一闪，女妖美杜莎的头就从脖子上滚落了下来。

"太好了！"水银大叫道，"快！把她的头捡起来，装进魔法袋。"

令珀尔修斯惊讶的是，那个一直挂在他脖子上的绣花小袋子，原来只有钱包大小，此时却在一瞬间突然变大，足够装得下美杜莎的头。珀尔修斯于是立刻把头捡起来扔进神袋，那些毒蛇还在扭动着身体。

"你的任务完成了，"那个一向冷静的声音又响了起来，"现在就起飞吧，否则其他两个戈耳工会竭尽全力为美杜莎报仇。"

的确，必须得飞起来，因为珀尔修斯所做的这一切并不是悄无声息的。落剑的声音、毒蛇的咝咝声，以及美杜莎的头滚落到沙滩上的闷响都足以惊醒另外两个怪兽。她们立刻坐起来，用铜爪揉着惺忪的睡眼，头上的毒蛇也都立刻惊恐地高高耸起，喷射着毒液，不知道发生了什么事。当两个戈耳工看到美杜莎带鳞的尸体没有了头，皱缩的金色翅膀半展着倒在了沙子上，她们立即发出一声恐怖的尖叫。再看她们头上的一百条毒蛇，也一齐发出咝咝声，引得魔法袋里美杜莎头上的毒蛇也在咝咝地回应。

清醒之后的戈耳工立刻冲向空中，挥舞着铜爪，呲着可怕的獠牙，猛烈地扇动着巨大的翅膀，抖落了一地的金色羽毛。直到今天，这里可能还到处散落着那些金色的羽毛。飞到空中的戈耳工怒视着四周，希望能逮住谁把他变成石头。只要看看她们的脸，或是不小心落入她们的利爪，珀尔修斯就再也亲吻不到可怜的母亲了。可珀尔修斯小心地避开了她们，因为自己正戴着隐身头盔，戈耳工并不知道该朝哪个方向追他；况且他又有一双飞行鞋，直直向上飞了差不多一英里，之后那些可怕生物的叫声才渐渐远去。珀尔修斯就这样径直飞向塞里福斯岛，准备把美杜莎的头带给国王波吕得克忒斯。

我实在来不及细说珀尔修斯在回家路上所遇到的一些神奇的事：他曾遇到一只正要吞食美丽少女的海怪，于是便杀死了它；他只是让一个庞大的巨人看了一眼美杜莎的头，就把巨人变成了一座石头山。如果你还不太相信的话，可以抽空去一下非洲，去看看那座石头山，正是用那个古代巨人的名字命名的。

最后，勇敢的珀尔修斯终于到达了塞里福斯岛，此时他迫切想要见到自己的母亲。可就在他不在岛上时，那个歹毒的国王对达那厄非常不好，逼得她只好躲进一座神庙，那里有几个善良的老祭司对她很好，而这些老祭司，还有那个当初发现箱子的善良渔夫，可能是这个岛上仅有的正直的人了。而岛上其他人，包括国王波吕得克忒斯，都是品行极其不端的人，现在，他们就要遭到报应了。

一发现母亲不在家中，珀尔修斯就直接奔向王宫。他立即被带到国王面前，可波吕得克忒斯看到他后却怎么也高兴不起来，这个坏心肠的国王以为戈耳工早就把这个可怜的年轻人撕成了碎片，吞了下去。谁知道，他居然安全地回来了！国王只好假意笑着迎上去，询问珀尔修斯是怎样成功完成任务的。

"你实现诺言了吗？"他问道，"有没有帮我带回蛇发女妖美杜莎的头？如果没有，年轻人，那你可要接受重罚；因为我必须拿它作为新婚礼物送给美丽的希波达米亚公主，没有什么东西能比美杜莎的头更能博得她的欢心。"

"是的，请放心，陛下，"珀尔修斯平静地答道，似乎对他这样的年轻人来说，这并不是什么大不了的事，"我已经给您带来了戈耳工的头，包括蛇发！"

"真的吗？让我看看，"国王波吕得克忒斯说道，"如果传说是真的，那肯定是一件稀奇的东西。"

"陛下说得很对，"珀尔修斯答道，"这件东西的确会令所有看到它的人目瞪口呆。如果陛下觉得合适，我建议您可以为此设立一个节日，

让大家一起来庆祝，把所有的臣民都召来一起亲眼看看这个稀奇的东西。我想，他们中很少有人看到过戈耳工的头，恐怕以后也不会再有机会看到。"

国王知道自己的那群臣民都是一群懒散的家伙，所以也肯定会像其他懒人一样爱凑热闹，所以他采纳了珀尔修斯的建议，派出传令官和信使，吹响号角，通知在街角、市场和路口的所有人都来到宫殿。果然，一大群游手好闲的人都来了，他们个个幸灾乐祸，希望珀尔修斯遇到戈耳工时会发生不幸。如果真是什么好人（我倒是真心希望能有几个好人，可事实上故事告诉我这个岛上并没有什么好人），他们本应该安静地留在家里，做自己该做的事，管好自己的孩子。而这里的大多数居民，都一窝蜂地拥向宫殿，互相推搡着、拥挤着，一个挨一个，争着挤向阳台，想要看看手里拿着绣花魔袋的珀尔修斯。

在视野开阔的阳台上，威严的国王波吕得克忒斯坐在大臣中间，一群谄媚的侍臣正簇拥着围成半圆。此时，国王，以及所有大臣、侍臣和子民，都正眼巴巴地盯着珀尔修斯。

"快让我们看看那个脑袋！给我们看看！"人群中爆发出喊声，声音中充满冷酷和残忍，似乎只要珀尔修斯拿不出他们想看到东西，就冲过去把他撕成碎片。

"快给我们看看美杜莎的头！"

年轻的珀尔修斯心头涌上一阵悲伤和同情。

"噢！波吕得克忒斯国王，"他大声说道，"以及你们各位，我真不情愿让你们看到戈耳工的头！"

"啊！这个坏蛋！懦夫！"人群中的喊声比之前更加激烈，"他在捉弄我们！他根本就没有戈耳工的头！如果有，就快点拿出来给我们看看，否则，我们就把你的头当足球踢！"

珀尔修斯拿出了戈耳工的头（瓦尔特·克兰，手绘插图。）

　　邪恶的大臣们在国王耳边低声出着坏主意，侍臣们则在窃窃私语，说珀尔修斯不恭敬他们的国王；而尊贵的国王波吕得克忒斯则摆了摆手，用坚定、低沉的语调威胁珀尔修斯快点拿出头颅。

　　"把戈耳工的头拿出来。否则，我就砍下你的头！"

　　珀尔修斯叹了口气。

　　"快点拿出来，"波吕得克忒斯重复道，"否则，你就得死！"

　　"好吧，那么请看！"珀尔修斯大声喊道，声音洪亮得如同一声号角。

　　就在他拿出戈耳工脑袋的一瞬间，坏国王波吕得克忒斯，以及他邪恶的大臣们，还有所有残忍的子民，还没来得及眨一下眼睛，就全都变成了石头像，他们就这样带着那时那刻的表情永恒地被定了格。看到可怕的美杜莎头颅的一瞬间，他们全都变成了苍白的大理石！而珀尔修斯则将那颗头收回进魔法袋，找到亲爱的母亲，并告诉她从此再也不用害怕坏国王波吕得克忒斯了。

TANGLEWOOD · PORCH ·

· AFTER · THE · STORY ·

戈耳工的头

丛林别墅的门廊

尾　声

"**这**个故事好不好玩？"尤斯塔斯问道。

"噢！好玩，好玩！"流星花拍着小手叫道。

"那些奇怪的老婆婆，三个人才有一只眼睛！我从来没听说过这么奇怪的事！"

"她们还轮流使用一颗牙齿，"樱草花说道，"不过好像也没什么神奇的。我想那肯定是颗假牙。不过你把墨丘利变成了水银，还说到他妹妹！这可有点荒唐！"

"她不是他妹妹吗？"尤斯塔斯问道，"如果是我早想到的这个故事，我肯定把她描述成一个将猫头鹰当宠物的老姑娘！"

"好吧，不管怎么样，"樱草花说道，"你的故事似乎真的把浓雾赶跑了。"

的确，随着故事的展开，雾气已经渐渐从地表散去。眼前展现的美景与之前截然不同，人们几乎会觉得，这所有的一切都是在短短的时间里被重新创造出来的。半英里外的山谷脚下是一片美丽的湖泊，完美地倒映着岸边的树林和更远处的山峰。湖面平静无波，闪烁着琉璃般的光泽。湖泊的远处横卧着纪念碑山，一直绵延过几乎整个山谷。尤斯塔斯把这座山比作是一个没有头的巨大斯芬克斯①像，肩上披着一条波斯披肩。秋日的山林的确就是这样丰富多彩，用波斯披肩这个比喻来形容它的斑斓色彩一点也不夸张。山脚下，在丛林别墅和湖泊之间，是一片丛生的树木和树林，由于比山坡上的树受到了更多的霜冻，所以林子边的树木都披着金色或深棕色的叶子。

在这片美丽景色的上方，是和煦的阳光和飘浮的轻云，给所有这一切都抹上了一种难以言说的温柔。多么美好的深秋！孩子们抓起小篮子，雀跃着出发了。而尤斯塔斯则像主持这场聚会的主持人，和孩子们古怪的小动作相比，他的新式跳跃可是谁都模仿不了的。跟在众人后面的是一条善良的老犬，名叫"本"，他可是最可敬、最好心的四足动物之一，此时可能觉得自己也有责任照看这些父母不在身边的孩子；而且比起有些孩子气的尤斯塔斯，他还自以为是更好的照看者呢。

___
① Sphinx，希腊神话中一个长着狮子躯干、女人头面的有翼怪兽。——译者注

THE GOLDEN TOUCH

SHADOW BROOK

点金术

繁阴溪边

引　言

中午，孩子们聚集在了一片林中谷地上，谷地深处流淌着一条小溪。这里地势狭窄，两侧山势陡峭，沿着溪岸向上生长着茂密的树丛，多是核桃树和板栗树，其中也夹杂着几棵橡树和枫树。夏天时，密布丛生的树枝在小溪上方盘横交错，投下大片的阴影，即使是正午时分，溪面也会被荫蔽得像是蒙上了一层暮色。于是，便有了"繁阴溪"这个名字。不过现在，自从秋天走进这个隐秘的地方，所有的深绿色都转变成了金色，因此与其说是给谷地罩上了林荫，还不如说是金色点亮了整个谷地。即使是阴天，明亮的黄色树叶也像是要把日光留下来，叶子纷纷落在溪水上，漂向两岸边，将这些地方洒满"日光"。就这样，这块本是夏天里最为阴凉的角落，现在却比任何地方都要明丽。

　　小溪沿着金色的小路奔流而来，到这里歇歇脚后，形成了一个小小的池塘，鱼儿在这里来回穿梭，溪水又快速地匆匆向前，似乎急着赶往那片湖泊；可途中似乎又忘了看路，一不小心就被河床中央伸展的树根"绊倒"了。如果听到小溪被"绊倒"时抱怨的咕哝声，你肯定会笑出声来；而且已经跑过去这么久了，小溪还在自言自语，像是十分烦恼。我想，它一定是被吓到了，因为原本阴暗的谷地突然变得如此明亮，而且还听到那么多孩子的闲聊和欢笑声。所以它只好加紧脚步，最后一头扎进了湖里。

　　尤斯塔斯和孩子们决定在繁阴溪谷用午餐。他们用篮子从别墅里装了许多好吃的，然后把它们摆在树墩上，或是摆在长着青苔的树干上，开心地狼吞虎咽起来，这真是一顿很棒的大餐！吃完之后，谁都不愿意再动了。

　　"就在这里休息一下吧，"几个孩子建议道，"尤斯塔斯表哥，再给我们讲一个好听的故事。"

　　尤斯塔斯上午刚刚完成一次的伟大"壮举"，此时的确和孩子一样累坏了。这位大学生当时正站在地面上，可下一秒就蹿上了核桃树的树梢。蒲公英、三叶草、流星花和金凤花差点以为他穿上了那双带翅膀的鞋，就是众女神送给珀尔修斯的那双。然后他又在孩子们的头上摇动核桃树，摇下一阵阵的核桃雨，孩子们便争相把核桃捡到篮子里，忙得不可开交。总之，整个上午尤斯塔斯就像是松鼠和猴子一样蹦来蹦去，现在只能躺倒在黄色树叶上，似乎是想要休息一下。

　　可孩子们却没这么仁慈，也不懂得体贴别人，只要别人还有一口气，他们就要用这口气来给自己讲故事。

　　"尤斯塔斯表哥，"流星花说道，"早晨那个故事很好听，能再讲一个吗？"

　　"好吧，孩子，"尤斯塔斯说着把帽檐盖在眼睛上，准备打个盹，

"如果愿意，我可以讲一打的好故事，说不定比早晨那个更好。"

"噢，樱草花，长春花，你们听到他说的话吗？"流星花又叫又跳，"尤斯塔斯表哥准备给我们讲一打的故事，都比早晨那个好听！"

"我可没答应过，小笨蛋！"尤斯塔斯说着假装有些生气，"可我看你们是非听不可了……唉，这就是名声太大的代价！我真希望自己比现在更无趣，或者不要表现得天生就这么聪明，也许我就能安静舒服地睡上一觉了！"

可就像我之前所说的，这位尤斯塔斯表哥实在太爱讲故事，就像孩子们太爱听故事一样。他思维活跃、无拘无束，喜欢让大脑不停地运转，几乎不需要任何外力就可以工作。

这种天生才能和后天勤奋非常的不同。后者通常更容易由长期习惯培养而成，而且一旦养成，就算辛苦工作也不是什么难事，那时工作可能就是一天当中最重要的心理慰藉，而其他意义反而可以忽略不计。好吧，这段文字，可不是说给孩子们听的。

无需更多的恳求，尤斯塔斯就要开始下一个精彩绝伦的故事。他仰躺在那里，看着大树的树梢，发现秋日已经把每一片绿叶染成了纯金色，忽然一个故事跃上了心头。每个人都见过叶子由绿变黄的景象，而这种转变十分神奇，正如尤斯塔斯接下来要讲述的这个有关弥达斯国王的故事。

出场角色

ACTORS

（*注：此处提及的众神及英雄和神兽等角色，其角色关系均出自于传统经典古希腊神话故事，其故事情节与霍桑在本书中的改写有所不同。）

弥达斯（Midas）：古希腊神话中佛律癸亚国王戈耳狄俄斯（Gordius）和女神库柏勒（Cybele）收养的儿子，当他还是婴儿时，蚂蚁曾向他嘴里运送食物，预示了他将来必然成为巨富。他曾帮助酒神找到失散的同伴，于是酒神为了报答这件事，许诺给予弥达斯任何他想要的东西，弥达斯选择了点金术。本书中带着光环的神秘陌生人应该就是酒神狄俄尼索斯（Dionysus）。

狄俄尼索斯（Dionysus）：古代希腊人信奉的葡萄酒之神。一天，狄俄尼索斯和追随者从色雷斯出发去维奥蒂亚，中途他以前的老师森林之神老西勒诺斯（Silenus）不巧跟队伍走散。老西勒诺斯喝得醉醺醺的，躺在国王弥达斯的花园里酣然大睡，弥达斯盛情款待了老山神五天五夜，然后派向导护送他回到了狄俄尼索斯的身边。

点金术

很久很久以前，有一个非常富有的国王，名字叫作弥达斯。弥达斯有个小女儿，除了我，还没有人听说过她的名字，可就连我现在也完全不记得她的名字了——也可能从来就不知道。不过我喜欢给小女孩取奇怪的名字，所以就叫她"金盏花"吧。

对于国王弥达斯来说，这个世界上他最喜欢的东西就是金子。他十分珍爱自己的皇冠，因为皇冠是由贵重的金子做成的。如果说还有他喜欢的人或物，或者说能赶得上他对金子一半的喜欢程度，那就是他的小女儿了，金盏花会经常在父亲的脚凳边开心地玩耍。可弥达斯越喜欢女儿，他就越渴望并追求财富。他认为一个人为他珍爱的孩子所能做的最好的事，就是留给她从创世开始就累积起来的成堆的金币——金灿灿、亮晶晶的金币。真是一个愚蠢的人啊！就这样，他把所有的心思和精力都放在了这个唯一的目标上。每当瞥见被落日染成金色的云朵，他就希望那是金子做的，好被他抓下来藏到柜子里去。每当金盏花捧着一束金凤花和蒲公英跑来见他时，他总是不屑地说："孩子，这些看上去亮闪闪的花朵，要真是金子做的，那才值得去采。"

就在还没有如此疯狂地追求财富之前，国王弥达斯其实是很擅长赏花的。他曾修建了一座花园，里面种满了玫瑰花。这些花朵硕大美丽、香气扑鼻，都是世人从没见过的花朵。现在，这些玫瑰花依然长在花园里，花瓣依然那么硕大、可爱、芳香，就像当年，那时的弥达斯曾经一连几个小时盯着这些花，嗅着它们散发的芳香。可如今，如果说他还愿意看上花朵一眼，那也是要趁机计算一下如果这无数的玫瑰花瓣都是金箔做的，那会值多少钱。他还曾经十分喜欢音乐（尽管一个无聊的故事中曾提到过他长着驴一样的长耳朵①），可现在对于可怜的弥达斯来说，唯一的乐声就只是金币互相撞击的叮当声了。

随着年龄的增长，人总是会变得越来越愚蠢，除非能小心翼翼让自己更加明智。弥达斯此时已经变得不可理喻，他简直无法忍受看见或是碰到任何不是金子做成的东西。因此，他每天都要花上大把的时间待在一个阴暗沉闷的房间里。房间建造在宫殿的地下，用来安置他的财宝。每当弥达斯想让自己开心时，就会来到这个比地牢好不了多少的地洞。在这里，他会小心地锁好门，拿出一袋金币，或是一个脸盆大小的金杯，或是一锭重的金条，或是一配克②的金沙，然后把这些东西从隐秘的角落转移到光亮处。从一扇天窗一样大小的窗子外会射进一束狭长的光线，他十分珍爱

① 来自于古希腊神话。一次，弥达斯被邀请去当音乐比赛的裁判，比赛双方是光明之神阿波罗和牧神潘。双方演奏结束后，弥达斯判定潘为获胜者。但阿波罗无法容忍弥达斯拙劣的音乐欣赏能力，于是将他的耳朵变成了驴耳朵。——译者注

② peck-measure，容量单位，1配克相当于2加仑，约为7.57升。——译者注

世界名画 《阿波罗与潘的比赛》（*The contest between Apollo and Pan*），油画，16世纪末，17世纪初最重要的佛兰德斯画家之一亨德里克·德·科勒克（Hendrick de Clerck，1570—1629）于1620年创作，43×62cm。见本书P43注释①。

这束阳光，不为别的，只因为如果没有这束阳光的帮忙，他的宝贝们就无法闪闪发亮。最后他会反复数着袋子里的金币，将金条抛上抛下，任金沙从指间滑落，或是从亮闪闪的金杯边看着自己滑稽的倒影。他总会自言自语："噢，弥达斯，富有的国王弥达斯，你是多么幸福啊！"他的影子映在锃亮的金杯表面，正咧着嘴对他笑。这样的场景真是好笑极了，就连杯子也知道他的行为愚蠢透顶，正顽皮地取笑他。

弥达斯称自己是幸福的人，但又感觉自己幸福得还不够。除非整个世界都变成他的宝库，堆满属于他自己的金子，这才能让他达到幸福的顶点。

现在，聪明的小听众们，不用我提醒，你们也能明白了，在弥达斯国王生活的那个古老的年代，曾经发生过许多事，这些事如果在今时今日发生在我们的国度，那简直就像是奇迹。当然，从另一个角度来说，今天发生的许多事，不仅对我们来说非常神奇，就连那个古老年代的人见了也会目瞪口呆。总之，我认为相比之下，还是我们这个时代更奇怪一些。好吧，不管怎样，现在还是继续讲故事。

一天，正当弥达斯像往常一样陶醉在宝库里时，他发现成堆的金子上突然出现一个影子。他猛地抬起头，发现在那道明亮狭长的光束里，居然正站着一个陌生人！这是一个脸庞红润、神态轻松的年轻人。不知是因为把一切都想象成了金色，还是别的什么原因，弥达斯国王情不自禁地感觉陌生人的微笑里似乎透着金色的光芒，虽然陌生人挡住了阳光，可眼前这一堆堆宝贝却反而闪着更加明亮的金光。而当陌生人一笑，宝库里最远处的角落里甚至也被火一般的亮光照得通明。

弥达斯知道，自己已经很小心地将门锁住，普通人是闯不进来的，所以这个来访者肯定不是普通人。其实，告诉你们这个人到底是谁并不重要；在那时，地球还是个新生事物，地球上住着许多被赋予了超自然能力

陌生人出现在了弥达斯面前（瓦尔特·克兰，手绘插图。）

的神，他们经常饶有兴致地关注着周围的男女老少，关注着他们的喜怒哀乐，一方面是为了好玩，一方面也是出自真心。弥达斯在此之前就曾遇到过这样的神，所以这一次很高兴再遇到他们。说实话，这个陌生人看起来非常友好和善，即使不是前来赐福，至少也没理由怀疑他会带来什么灾祸。他很有可能是来帮助自己的，可除了让财富翻倍，自己还有什么其他需要帮忙的吗？

陌生人看了看房间，明亮的微笑照亮了屋里所有的金子，然后他又转向弥达斯。

"我的朋友，弥达斯，你很富有，"他说道，"我觉得地球上不会再有这样的房间，能装这么多的金子。"

"没错，我是很富有，"弥达斯并不满意，"不过，如果你能想到这是耗尽我毕生之力才得到的，你就会觉得这点财富根本不值一提。如果一个人能活到一千岁，肯定会有更多时间变得足够富有。"

"什么！"陌生人大惊，"这么说，你还不满足？"

弥达斯摇摇头。

"那么，请问什么才会让你满足？"陌生人问道，"仅仅是出于好奇，我很想知道。"

弥达斯沉思了片刻。他预感到这个拥有金色光芒和友善微笑的陌生人一定愿意并有能力满足他最大的心愿。所以，现在就是最幸运的时刻，只要他开口，任何想要的东西，不管合理与否，他都能得到。所以他绞尽脑汁，想象着一座又一座金山，可总觉得怎么也不够大。最后，弥达斯国王冒出了一个聪明的点子，这点子就和他所挚爱的黄金一样闪着亮光。

他抬起头，盯着这个全身熠熠生辉的陌生人。

"好吧，弥达斯，"陌生人说，"我想你一定是想到了，那么告诉我你的愿望吧。"

"这个愿望……"弥达斯答道，"我竭尽全力收集起来的财富，也只是这么小小的一堆，我厌倦了这样大费周折，所以，我希望我触碰到的任何东西都能变成金子！"

陌生人的微笑更加灿烂，就像是闪耀的太阳照亮了撒满金秋黄叶的繁阴溪谷，这微笑让房间里所有的金子都沐浴在了光亮之中。

"点金术吗？"陌生人说，"我的朋友，弥达斯，你居然会想到这么聪明的主意，的确值得称赞！不过，你确信，这个就能让你满足吗？"

"当然！"弥达斯说。

"你确定永远都不会后悔拥有这个能力吗？"

"还有什么比这个更有吸引力呢？"弥达斯说，"其他的我都不要，只要拥有这种能力，我就心满意足了。"

"那就如你所愿，"陌生人说着挥手告别，"明天早上，当太阳升起时，你就会发现自己拥有了点金的能力。"

然后陌生人的身影变得异常明亮起来，弥达斯不由自主地闭上了眼睛。等到再睁开眼睛时，只见一束金色的阳光，正笼罩着他毕生囤积起来的宝贝上，在他周围闪着光。

那天晚上，弥达斯是否和往常一样睡得安稳，故事里并没有说。但不管是睡着还是醒着，他大概总是会无比兴奋的，就像是一个知道第二天一早就会拥有新玩具的小孩。无论如何，当弥达斯国王完全醒来时，太阳还没爬上山坡。他从被窝里伸出胳膊，开始去触碰所有能够碰到的东西，急着想要确认陌生人承诺的点金术是不是已经实现。他把手指放在床边的椅子上，以及各种各样的东西上，可让他大为沮丧的是，所有的东西都还是原来的样子。事实上，他非常担心那个光彩照人的陌生人只是一个美梦，或者那个家伙只不过是和他开了一个玩笑。如果是那样，拥有点金术的希望就会落空。他只能再用平常的办法，一点点把金子积攒起来。可如果不

会点金术，那将会多么让人伤心！

此时天色已经蒙蒙亮，天边挂着一抹鱼肚白，可弥达斯并没有发现。他正一直闷闷不乐地躺在床上，一直在为希望落空而遗憾，并且越想越难过。直到旭日的光芒穿过窗子，照亮他头上的天花板。弥达斯这才发现，明亮的金色阳光照在了他白色的床罩上，那景象似乎有些异常。于是他凑近一看，惊喜地看到原来那张床罩已经不再是亚麻的，而是由最纯最亮的金子织成的！第一缕阳光真的给他带来了点金术！

弥达斯从床上跳了起来，欣喜若狂地在房间里疯跑，看到什么就抓什么。他抓住一根床柱，床柱立刻变成了有着凹槽的金柱。为了更清楚地看到自己所创造的奇迹，他拉起窗帘的一边，结果手里的流苏变沉了，最后变成了一块金子。他又从桌上拿起一本书，可手刚一碰到，那本书就变成了镀着金边的大部头，就和今天的书差不多；可等到他开始用手指翻动书页时，啊！书页竟然变成了一叠金箔，连那些蕴含智慧的文字都难以辨认了。弥达斯急忙穿上衣服，喜出望外地发现自己穿着的竟是一套纯金服，虽然有些沉，但依然柔软而富有弹性。他又拿出手帕，那是金盏花亲手为他缝制的。手帕于是也变成了金子，手帕四角是金盏花干净漂亮的针脚，连线都全部变成了金线！

可最后这个变化并没有让弥达斯高兴起来。他更希望女儿做的手帕还能保持原样，就像金盏花爬上他的膝头时，把手帕递到他手中的样子。

不过，他大可不必为了这样的小事而烦恼。现在，为了更好地看清楚周围，弥达斯从口袋里拿出眼镜，架到了鼻梁上。在那个时代，普通人使用的眼镜还没有出现，不过各位国王已经在使用，否则，弥达斯怎么会有眼镜呢？可让他困惑的是，虽然这副眼镜很出众，但他却发现自己透过眼镜什么都看不到。事实上，这再自然不过了，因为他取下眼镜后，透明的水晶片已经变成了金片，尽管金子很值钱，可作为眼镜来说，它却变得毫

无价值。这对弥达斯来说实在太不方便了：虽然他如此富有，却再也不能拥有一副能用的眼镜。

"这也没什么大不了的，"弥达斯豁达地自言自语道，"我们不能指望凡事都完美无缺。不管怎么说，如果一个人的视力不是太糟糕的话，还是值得为点金术牺牲一副眼镜的，至少我并没有牺牲眼睛。我的视力还可以胜任日常生活，而且金盏花就快长大了，到时她就能读书给我听了。"

聪明的国王弥达斯有了这样的好运，真的非常高兴，小小的王宫似乎已经容不下他了。于是，他跑下楼梯，看到楼梯栏杆随着手指的触碰变成了闪闪的金栏杆，不禁笑了起来。他又拉起门把手，跑进花园，而之前那些不过是黄铜的门把手，在弥达斯的手指松开后，已经变成了金的。在花园里，他看到了无数朵美丽的玫瑰花正在盛开，有的还是蓓蕾，有的则是含苞待放，在晨风的吹拂下散发着甜美的芬芳。这些娇艳的红晕当然是世界上最美的风景，它们是那样温和柔美，甜蜜而静谧。

不过在弥达斯看来，还有一种办法能让这些玫瑰变得更加珍贵。于是他强忍被花刺划伤的疼痛，不辞辛劳地在花丛中钻来钻去，施展神奇的点金术，直到每一朵花、每一个蓓蕾，甚至是花心里的虫子，都变成了金子。等到完成这项伟大的工程，国王终于打算享用早餐。清晨的空气十分清新，这让他胃口大开，于是他急忙返回王宫。

在弥达斯那个时代，国王的早餐通常会是什么样子？我真的不太清楚，现在也无从考察。我想，在这个特别的早上，国王的早餐应该会有热饼、美味的鲑鱼、烤土豆、新鲜的煮鸡蛋，还有咖啡，这些都是国王应该享用的，而他的女儿金盏花，则应该还有一大块面包和一大杯牛奶。无论如何，这样的早餐都够得上国王享用的标准。总之不管是不是这样，弥达斯的早餐应该不会比这个更好了。

金盏花还没来，于是弥达斯派人去叫她，然后自己坐在桌边等女儿

来一起享用早餐。其实说句公道话，弥达斯真的很爱女儿，而今天由于好运的降临，他觉得自己更爱女儿了。很快，走廊那边就传来了女儿大哭的声音，这让他十分奇怪，因为夏日里的金盏花是最快活的孩子，就算一年十二个月，也几乎看不到她流眼泪。所以听到哭声后，弥达斯决定给金盏花一个小小的惊喜，好让她高兴起来。于是，他探过身子，伸出手碰了一下女儿用的小碗，那是一个绘满漂亮图案的瓷碗，最后变成了亮闪闪的金碗。

金盏花这时才闷闷不乐地推开门，慢吞吞地走进来，用裙子擦着眼泪，还在伤心地哭着。

"怎么了，亲爱的女儿，"弥达斯说道，"在这样一个明媚的早晨，你是怎么了？"

金盏花还在用裙子擦着眼睛，只是伸出一只手，拿着一朵刚刚被弥达斯变成金子的玫瑰花。

"好漂亮的花！"父亲称赞道，"这么美丽的金玫瑰，怎么会惹你不高兴呢？"

"噢！亲爱的父亲！"小姑娘有些哽咽，"它一点也不漂亮，是世界上最丑的花！我穿好衣服后就跑去花园，想采几朵玫瑰花送给您，因为我知道您很喜欢它们，尤其是我为您采的。可是，噢，天啊！您知道发生什么了吗？太糟糕了，所有漂亮的玫瑰花全都被毁掉了！它们原本那么香甜，那么娇艳，可现在全都变成了黄色，就像这枝，而且一点香味都没有！它们到底怎么了？"

"哦，亲爱的孩子，别再为这个哭泣了！"弥达斯说道，他有些不好意思承认，正是自己才让女儿如此难过，"坐下来，享用面包和牛奶吧，你会发现，用一枝金玫瑰换一枝普通玫瑰，可是很划算的呢。金玫瑰能保存好几百年，可普通玫瑰，却会早上开花，晚上凋谢，只有一天

的生命。"

"可我一点也不喜欢这样的玫瑰!"金盏花不屑地扔掉了金玫瑰,"它没有香味,花瓣也硬邦邦的,还弄痛了我的鼻子!"

说着,金盏花已经坐在了桌边,可她还一直在为毁掉的玫瑰花而伤心,根本没有注意到自己的瓷碗已经有了神奇的变化。也许这样更好,因为金盏花已经习惯欣赏碗上新奇的图案,那些都是画在碗边的奇异树木和房子;可现在这些图案已经从金碗上完全消失了。

这时弥达斯刚刚倒好一杯咖啡,当然,不管咖啡壶是什么材质的,等他放下时已经变成了金的。他暗自在想,作为一个生活一向简朴的国王,现在使用的餐具全都是黄金的,真可以说是太过奢华了。接下来,他又开始为如何安全地收藏这些黄金宝贝而担心,把这些值钱的金碗金壶放在碗柜和厨房里,可太让人担心了。

他边想边把一勺咖啡送到唇边,轻轻啜吸。可让他惊讶的是,他的嘴唇刚一碰到咖啡,咖啡就变成了熔化的金子,再下一个瞬间就凝固成了金块。

"啊!"弥达斯被吓了一跳,大叫了出来。

"怎么了,父亲?"金盏花看着他,眼里还带着泪水。

"没什么,孩子,没什么,"弥达斯说,"快喝牛奶吧,别凉了。"

弥达斯又从盆里拿出一条美味的鲑鱼,试着用手指碰了一下鱼尾巴。让他惊奇的是,这条炸得美味可口的鲑鱼立刻变成了一条金鱼,当然,这可不是被人们养在圆玻璃缸里用来装饰客厅的鱼,而是一条真正用金子做成的鱼,看上去就像是由世界上最棒的金匠精心雕刻而成的,小小的骨头变成了金丝,鱼鳍和鱼尾变成了薄薄的金片,上面还留着叉子的印痕;这条炸得美味酥脆的小鱼变成了纯正的金鱼。你可能会觉得,这是一件多么漂亮的艺术作品啊,可对于弥达斯国王来说,他真希望盘子里是一条真正

世界名画 《国王弥达斯》（*King Midas*），油画，巴洛克时期著名意大利画家安德里亚·瓦卡罗（Andrea Vaccaro，1600—1670）创作，71x54cm。

的鱼，而不是既精致又值钱的工艺品。

"真不明白，"他心里想道，"我现在该怎么吃早餐？"

于是他又拿起一块热气腾腾的面饼，可还没等把饼掰开，令人痛苦的事情再次发生了，刚刚还是雪白的面饼，现在变成了一张金黄色的印度饼。说实话，如果这真是一张热气腾腾的印度饼，弥达斯倒还觉得会好一点，可饼的硬度和重量却让他痛苦地发现，这只是一块金子。他几乎绝望地又去拿煮蛋，可和鲑鱼、热饼一样，鸡蛋也变成了金子。这个金蛋甚至会让人误以为是故事书里那只著名的母鹅生下的蛋①，可现在国王弥达斯就是那只母鹅！

"好吧，真是难办，"他一边想着，一边将后背靠向椅子，眼睛里有些泛红，看着金盏花，她正津津有味地享用着她的面包和牛奶，"面前放着这么丰盛的早餐，可我却什么都吃不了！"

于是为了免去麻烦，弥达斯打算在点金术生效之前快速了事，于是迅速拿起一块热土豆，试图塞进嘴里赶快吞下去。可他的点金术实在太灵敏了，他发现嘴里塞得满满的并不是粉嫩的土豆，而是坚硬的金块。灼热的金块烫伤了舌头，他大叫着从桌边跳起来，又惊又痛地在房间里蹦来蹦去。

"父亲，亲爱的父亲！"金盏花叫道，她可是个非常体贴的小女孩，"您怎么了？嘴巴烫伤了吗？"

"噢，亲爱的孩子，"弥达斯痛苦地呻吟，"你可怜的父亲真不知道该怎么办！"

没错，亲爱的小朋友们，你们可曾听说过这么悲惨的事？这的确是呈献给国王的最奢侈的早餐，可正是它的奢侈，却让它一无所用。尽管弥达斯国王精美的早餐价值不菲，和同等重量的金子一样珍贵，可即使是最

---

① 来自伊索寓言《生金蛋的鹅》。——译者注

贫穷的劳工，坐在自己的硬面包和冷水面前，也远远要比这位国王幸福。该怎么办？现在还是早餐时间，弥达斯感到非常饥饿。可等到午餐时，情况就能变得稍微好一些吗？到时他会有多么渴望能享用到晚餐，可毫无疑问，到时放在他面前的还会是同样无法消化的食物！想想看，面对这样"丰盛而昂贵"的食物，他该怎么活下去？

这些想法困扰着聪明的弥达斯国王，最后他开始怀疑，财富是不是真的就是这个世界上唯一值得拥有的东西。他甚至还开始怀疑，财富究竟是不是值得拥有。不过这样的想法只在他脑海中一闪而过。弥达斯还是过于陶醉金子的光辉，不愿意为了不值一提的早餐就放弃点金术。想想看，用放弃点金术来换回一顿饭，那可是多大的代价！那样做就相当于是为了一只炸鱼、一个鸡蛋、一块土豆、一片热饼和一杯咖啡而花费了上百万的金币，而且还可能会放弃不可胜数的财富。

"噢，这代价的确太大了。"弥达斯这样想着。

可不管怎么样，巨大的饥饿感和此时的迷惑感，让弥达斯又开始痛苦地大声呻吟起来。可爱的金盏花再也忍不住了；她一直盯着父亲，试着用自己的小脑袋瓜想清楚父亲到底是怎么了。然后，她再也控制不了难过和悲伤，从椅子上站起来，跑向弥达斯，用手臂温柔地抱住了父亲的膝盖。弥达斯也弯下腰亲吻女儿，突然感到来自女儿的爱似乎比那些通过点金术得到的财富更珍贵百倍千倍。

"亲爱的，亲爱的金盏花。"他喃喃着。

然而，金盏花却没有回答。

啊！他究竟做了什么？那个陌生人的礼物真是要命！弥达斯的嘴唇刚一碰到金盏花的额头，瞬间一切就都发生了变化。金盏花甜美、红润的脸庞曾是那样温柔，可如今却变得金光闪闪，脸颊上还凝着金色的泪珠，漂亮的棕色卷发变成了金发，柔软的身体僵在父亲环绕的臂弯里。啊！多么弥达斯的女儿变成了金子（瓦尔特·克兰，手绘插图。）

可怕！多么不幸！都怪他对财富贪得无厌，害得金盏花不再是个孩子，变成了一座黄金塑像。

是的，她就站在那里，脸上满是关切、悲伤和遗憾。这真是世间最美也是最悲伤的景象。金盏花的身形和样貌都没有改变，甚至连可爱的小酒窝也依然挂在她金铸的脸颊上。然而，这尊金像越是酷似真人，她的父亲就越是痛苦，从此以后，他的女儿就只能是一座塑像！从前，每当弥达斯特别疼爱女儿时总是会说：女儿就像金子一样宝贵。想不到今天却被他不幸言中。他终于意识到，一颗温暖、体贴、热爱他的心，远远要比财富更加宝贵！哪怕那些财富从地面堆积到云霄！可一切都已经太晚了！

弥达斯已经从原先的心满意足，变成了现在绞着双手苦苦哀叹，这是多么令人悲哀的画面。他既不忍心看金盏花，却又舍不得把视线从她身上移开。除非双眼紧紧盯着雕像，否则他真的无法相信女儿已经变成了金子。可当弥达斯再次看向那个珍贵的小雕像时，看到了她金色的脸颊上挂着金色的泪珠，满脸哀怨和温柔的表情，又觉得那神情似乎可以软化黄金，使她的身体恢复红润的颜色。可是，这是不可能的。弥达斯只能痛苦地绞着双手；如果失去所有的财富就能让女儿的脸色恢复红润，他宁愿自己是这个世界上最贫穷的人。

正当他沉浸在绝望混乱的心情中时，忽然看到一个陌生人正站在门边。弥达斯于是低下头，一言不发，因为他已经认出那正是一天前在宝库里遇到的那个人，就是他赋予了自己能带来灾难的点金术。陌生人的脸上依然带着微笑，整个房间也都罩在了金色的光辉之中，这笑容照亮了金盏花的塑像，还照亮了所有被弥达斯变成金子的器物。

"好吧，我的朋友，弥达斯，"陌生人说道，"你的点金术用得怎么样？"

弥达斯摇了摇头。

"我很痛苦。"他说道。

"很痛苦，真的吗？"陌生人惊呼，"怎么会这样？我没有如实兑现我的诺言吗？你没有得到你想要的一切？"

"金子不代表一切，"弥达斯答道，"我失去了我所真心在乎的一切。"

"噢！也就是说，从昨天到今天，你已经有了新的想法？"陌生人说道，"那就让我们看看，你会觉得以下两样东西哪个更有价值，点金术还是一杯清水？"

"噢，当然是水！"弥达斯大叫道，"可它再也无法湿润我干燥的喉咙！"

"那么，"陌生人继续问道，"是点金术还是面包呢？"

"面包，"弥达斯答道，"它抵得上世界上所有的金子！"

"好吧，"陌生人继续发问，"是点金术还是一小时之前还温暖、温柔、可爱的金盏花？"

"噢，我的女儿，我亲爱的孩子！"弥达斯边哭边痛苦地绞着双手，"就算给我能把整个地球变成金块的能力，我也不愿用她的一个小酒窝来交换！"

"你比以前更有智慧了，弥达斯国王！"陌生人严肃地说，"我想，你的心还没有完全从血肉变成金块。如果是那样，你将真的无可救药。不过还好，你懂得，每个人身边触手可及的平常事物，往往胜过众多世人所感叹和追求的财富。现在，请告诉我，你真的不再想要点金术了吗？"

"我讨厌它！"弥达斯回答。

这时，一只苍蝇停在了他的鼻子上，但马上又落到地上，因为苍蝇也变成了金子。弥达斯不禁打了个寒颤。

"那好吧，"陌生人说道，"你可以跳进流过你花园的那条河，然后

舀上一罐清水，把水洒在所有你想恢复原先模样的东西上。如果你很认真并诚恳地去做，就可能会修复你因贪婪而犯下的错误。"

弥达斯国王深深地鞠了一躬；等他再抬起头时，带着光辉的陌生人已经消失了。

接下来你肯定会想到，弥达斯立刻抓起一个巨大的陶壶（可是，唉，等他碰到水壶时，就已经不再是陶壶了），急忙冲向河边。他一路跑着，冲进灌木丛，身后的叶子立刻变得金黄，那景象真是美不胜收，似乎秋天从不会去别处，只会到这里。到了河边，他一头扎进水里，连鞋都没来得及脱。

"嗬！嗬！嗬！"弥达斯国王从水里冒出了头，"太好了，真是让人神清气爽！点金术应该已经被洗掉了吧。现在，我要灌满我的水壶了！"

他把水壶浸到水里，看见它又变回了之前那个朴素的陶壶，心里充满了喜悦。他还渐渐感觉到了自己身上的变化；之前胸口一直像有个冷冰冰、硬邦邦、沉甸甸的东西，此时似乎也消失了。毫无疑问，他的内心之前曾渐渐失去人类器官的特征，正变成毫无知觉的金属，不过现在又恢复了柔软，变得有血有肉。弥达斯看到河岸上长着一株紫罗兰，于是伸手碰了一下，竟喜出望外地发现这娇嫩的花朵还依然保持着紫色，并没有变成金黄色。点金术的魔咒，终于真正地从他身上消失了。

弥达斯急忙赶回王宫。我想，那些看到国王如此小心翼翼捧回一壶水的仆人们一定很奇怪，不知道发生了什么事。不过对于弥达斯来说，这壶水却能够挽回自己的错误所带来的恶果，比纯金熔化后变成的海洋还要宝贵。不用说，他做的第一件事，自然是要把水一捧捧地洒在金盏花的金像上。

水一落在她身上，女孩的双颊就恢复了玫瑰般的红润，然后开始打喷嚏，噗噗地往外吐着水；这真是令人高兴！而小女孩发现自己浑身湿淋淋

抓着陶壶的弥达斯（瓦尔特·克兰，手绘插图。）

的，父亲正不停地往自己身上洒水时，却又非常吃惊！

"不要这样，父亲！"她大叫道，"你把我的漂亮裙子都弄湿了，这可是我今天一早才换上的！"

金盏花并不知道自己曾变成了一座小小的金像，也并不记得自己伸手去安慰可怜的弥达斯国王之后到底发生了什么。

父亲觉得没有必要告诉女儿自己之前有多么愚蠢，但他很想告诉女儿自己现在已经变得更有智慧。于是他带着金盏花来到花园，把水壶里剩下的水洒在了玫瑰花丛上。果然，几千朵玫瑰花又像以前一样美丽绽放。不过，只要弥达斯国王还活着，就总会有两件事不断提醒着他曾经拥有过点金术，一是河里像金子一样闪闪发光的沙子；另一个就是金盏花再也变不回去的金色头发，这是她被变成金像之前所没有的。不过这个变化也不错，金盏花头发的颜色比以前更加亮丽了。

弥达斯国王变得越来越老，金盏花的孩子们会常常在他膝上玩耍。他喜欢给孩子们讲这个神奇的故事，就像我讲给你们一样。那时，他总会抚摸着他们的金发，告诉他们，这有着金子般光泽的头发完全遗传自他们的妈妈。

"老实说，小家伙们，"弥达斯国王总是一边开心地陪伴着孩子们，一边说，"从那天清晨起，除了这头秀发，其他像金子一样的东西就都会让我讨厌了。"

点金术

繁阴溪边

尾 声

"**好**吧，孩子们，"尤斯塔斯非常喜欢从听众那里得到一点明确的想法，"到现在为止，在你们听过的所有故事里，还有比'点金术'更棒的吗？"

"嗯，你是说弥达斯国王的故事吗？"调皮的樱草花说道，"这个著名的故事早在尤斯塔斯·布莱特先生出生以前一千年就有了，如果布莱特先生不在了，这个故事也依然会一直流传下去。不过，某些人的确拥有一种特殊技艺，或许我们可以叫它'点铅术'，他总能把故事里的角色弄得又愚笨又沉闷。"

"樱草花，你年纪不大，倒是挺聪明伶俐的，"尤斯塔斯对她尖刻的批评感到吃惊，"不过，你这个任性的小鬼一定很清楚，我把弥达斯点金术的故事重新塑造一番，会让它比过去任何时候都要光彩动人。再说金盏花吧！你难道没有觉察到我在其中下了很多工夫？还有，我是怎样巧妙引出这个故事的寓意的？然后又加以升华？你们也说说，香蕨木、蒲公英、三叶草还有长春花，你们有谁在听了这个故事之后，还傻乎乎地想要拥有点金术？"

"我想要，"长春花说道，这是一个十岁左右的小女孩，"我想要右手食指拥有点金术。不过，如果我觉得金子不好玩，那还想要左手食指拥有消除点金术的能力。要是能拥有这些魔力，我就知道我今天下午该做些什么了！"

"做什么？"尤斯塔斯问道。

"嗯，"长春花说，"我会用左手食指触摸树上每一片变成金色的叶子，让它们全都变回绿色。这样，我们就能马上把夏天找回来，而且讨厌的冬天也不会来啦。"

"噢，长春花！"尤斯塔斯叫了出来，"这是不对的，那可不是什么好事，如果我是弥达斯，我什么都不会做，只会让这金色的秋季一直持续下去。哦，我脑子里那些最好的点子总是来得有点慢，我为什么不告诉你们，老国王弥达斯来到了美国，把美国本来和其他国家一样黯淡的秋日，变成了像现在这里的美景？他把所有的叶子都镀上了大自然里最美的颜色。"

"尤斯塔斯表哥，"香蕨木开口了，这是一个乖巧的小男孩，总是喜欢问巨人到底有多高，小精灵到底有多小，"那金盏花有多大呢？她变成金像后又有多重？"

"她和你差不多高，"尤斯塔斯说，"金子可是很重的，所以她的金像至少有两千磅重，可以做成三四万枚金币，那个樱草花能值这一半的钱就不错了。好吧，孩子们，我们离开这儿，去周围看看。"

就这样，他们离开了谷地。此时距离正午已经过去一两个小时，太阳西斜，阳光洒满空谷。柔和的阳光涌在四周的山坡上，就像是金色的美酒从碗中溢了出来。这样的天气实在让人忍不住赞叹："这么美的日子真是少有！"虽然昨天也是这样，明天也会是这样。啊！可在一年十二个月的轮回里，这样的日子毕竟太少了！十月的秋日如此神奇，日子也过得那样散漫。尽管一年里的这个季节中，太阳总是升起得较晚，落下去得较早，就像需要早睡的孩子一样，六点就落下了山。因此，我们不能说此时的白天会很长；但美丽的秋日却用它丰富的内容弥补了这种短暂，当凉爽的夜晚来临时，我们依然能够感知到从清晨就开始的旺盛的生命力。

"快，孩子们，快来！"尤斯塔斯大喊道，"多采些坚果，越多越好，把你们的篮子都装满。这样等到圣诞节时，我会帮你们砸开这些坚果，还给你们讲好听的故事！"

于是，孩子们兴高采烈地跑开了，除了蒲公英。很遗憾，他刚刚坐到了板栗刺上，屁股被扎得像个满是细针的针垫。噢！他一定非常难受。

孩童乐园

丛林别墅游戏室

引 言

和往年一样，金色的十月就这样过去了；深棕色的十一月接踵而至，之后又悄然离开；转眼间，寒冷的十二月也过去了大半，欢乐的圣诞节终于来了。尤斯塔斯·布莱特的到来，给节日增添了不少欢乐的气氛。他从大学放假归来的第二天，就遇上了一场巨大的暴风雪。而在此之前，这个冬天还是比较收敛的，给了人间不少温和的好日子，就像冬日满是皱纹的脸上流露出了笑容。在许多能够避开风雪的地方，比如南坡山脚和石栏边的背风处，小草还是绿油油的。就在一两周前，也就是十二月初，孩子们还曾在繁阴溪边找到一朵盛开的蒲公英，正随风飘出那个溪水绕行的山谷。

不过现在，再也找不到绿色的小草和盛开的蒲公英了。这场暴风雪很猛，要不是漫天飞舞的雪花有些阻碍视线，从别墅的窗子望出去，甚至能看到别墅和圆丘之间的土地全都被风雪覆盖住，到处回旋着雪片，把外面的一切都吹得雪白雪白的。远远看去，群山就像是正在互相打雪仗的巨人，只是这样的游戏规模太大了。飞舞的雪片层层叠叠，许多时候甚至连半山腰的树木都给遮住了。不过有时，被大雪困在别墅里的"小囚犯们"还能看到纪念碑山模糊的轮廓，还有山脚下的湖水，结了冰的湖面光洁雪白，以及近处又黑又灰的大片丛林；不过所有这些都只能透过漫天的暴风雪才能窥见。

在这样的天气里，孩子们依然可以玩得很开心。他们已经习惯了风雪，喜欢翻着跟头扎进高高的雪堆中，而打雪仗时的样子就和前面提到过的伯克希尔山脉一样。现在，他们已经回到了宽敞的游戏室，这里和大客厅一样宽敞，到处堆放着各种玩具，大大小小。最大的就是摇摆木马，那只木马看上去就像是一只真的小矮马；除了玩具娃娃，还有一整套玩偶，有木头的，有蜡制的，有石膏，还有陶瓷的。地上散放着积木，多得足能搭起一座邦克山纪念碑；还有九柱①、皮球、会发声的陀螺、板球拍、游戏棍、跳绳和许多贵重玩具，整整一页纸都写不完。不过比起这些玩具，孩子们还是最喜欢雪。因为这意味着明天以及接下来的冬日里会有许多又刺激又好玩的事——坐雪橇、堆雪人、山谷滑雪、建造冰雪城堡，还有打雪仗！

所以孩子们非常喜欢暴风雪的到来，他们开心地看着雪越下越大，盼望道路上能积起高高的雪堆，甚至高过他们所有人的头顶。

"啊，我们要被大雪困到明年春天了！"他们兴奋地大叫，"真可惜，这房子太高了，雪都盖不住！看那边的小红房子，屋檐以下都快被雪埋住啦。"

"小傻瓜，你们要那么多雪干吗？"尤斯塔斯走了过来，他看了几本小说，感到有些无聊，于是来到游戏室，"这些雪还不够讨厌吗？害得我不

---

① nine-pins，一种滚球游戏，类似于现在的保龄球。——译者注

能溜冰，我一冬天可就期待这一件事情。恐怕四月之前，我们再也看不到湖了！对我来说，今天才是大雪的第一天。有没有一点同情我，樱草花？"

"哦，当然！"樱草花笑着说，"不过，为了安慰你一下，可以再给我们讲个老故事，就像你在门廊下和繁阴溪边给我们讲的。如果赶上晴朗天气，或是有坚果可以采，我可能还不太爱听你的故事。可现在反正也无事可做，我没准会喜欢。"

于是，长春花、三叶草、香蕨木以及别墅里所有的孩子，都围到了尤斯塔斯身边，强烈央求他再讲一个故事。这位大学生打了个哈欠，伸了下懒腰，然后在孩子们崇拜的目光下，把椅子当跳马来回跳了三次，并向孩子们解释说，这是他在整理思路。

"好吧，好吧，孩子们，"做好准备活动之后，尤斯塔斯说道，"既然你们这么坚持，况且樱草花也下定决心要听，那就看看我能为你们做些什么吧。知道吗？在世界上还不存在暴风雪之前，日子是多么的快活！我现在就给你们讲一个非常古老的故事，那个时候，这个世界就像香蕨木的新陀螺一样崭新，一年只有一个季节，那就是最舒服的夏季，而且世上的人们都是一个年纪，那就是孩子。"

"我从来没听说过这个。"樱草花说道。

"你当然没听说过，"尤斯塔斯说，"这个故事除了我，谁都没有想到过。孩子本就该生活在乐园里，无忧无虑，可就因为一个像樱草花这样任性的孩子在胡闹，美好的一切就都消失得无影无踪了。"

于是尤斯塔斯在椅子上坐好，把流星花抱在腿上，让小听众们都安静下来，然后开始讲述一个有关孩子的故事。这个孩子既可怜又任性，名字叫作潘多拉，她还有个小伙伴，名叫厄庇米修斯。

接下来，就仔仔细细地阅读这个故事吧。

（*注：此处提及的众神及英雄和神兽等角色，其角色关系均出自于传统经典古希腊神话故事，其故事情节与霍桑在本书中的改写有所不同。）

　　潘多拉（Pandora）：希腊神话中用黏土做成的第一个女人，作为对普罗米修斯（Prometheus）盗火的惩罚送给人类。众神赠予了使她拥有更诱人魅力的各种礼物：火神赫菲斯托斯（Hephaestus）给她做了华丽的金长袍，赋予她妩媚与诱惑男人的力量；众神使者赫耳墨斯（Hermes）教会了她言语的技能。神灵们每人给她一件礼物，唯独智慧女神雅典娜拒绝给予她智慧，所以潘多拉的行动都是不经思考的。在众多的礼物中，还有一件最危险的礼物，那就是一个漂亮的魔盒。一旦这个魔盒被开启，各种精通混沌法力的邪灵将会从里面跑出来危害世界。尽管众神告诫潘多拉千万不要打开盒子，但潘多拉最终没有听众神的劝诫，在强烈的好奇心的驱使下，最终打开了魔盒。虽然她及时关闭了盒子，但整个世界已在一刹那间被从魔盒中释放出的各种邪灵所充斥而陷于混沌之中。后

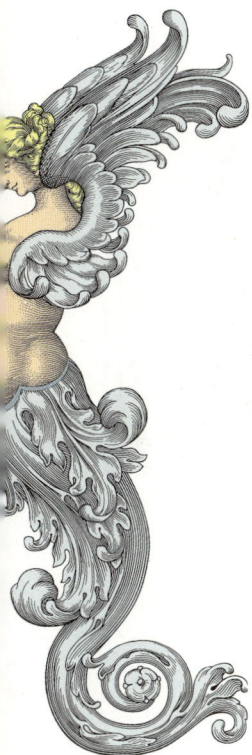

来便以"潘多拉的盒子"来比喻会带来不幸的礼物。

厄庇米修斯（Epimetheus）：古希腊神话中普罗米修斯的弟弟，是只有短见、事后聪明的"后思"之神。因不听哥哥的劝告，与神造出来的美女潘多拉结婚，给人间带来数不清的祸害、疾病、不幸和死亡。

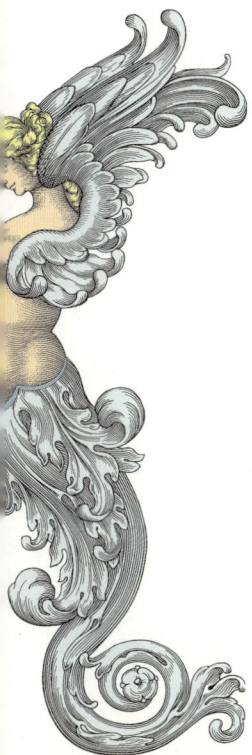

THE·PARADISE·OF·CHILDREN

孩童乐园

很久很久以前，这个古老的世界还处在婴儿期，一个名叫厄庇米修斯的孩子，既没有父亲也没有母亲；不过，他并不孤单，因为还有一个和他一样无父无母的孩子跟他生活在一起，并且成了他的小伙伴和好帮手。她就是来自遥远国度的潘多拉。

潘多拉走进厄庇米修斯的小屋时，一眼就看见了一个大盒子。于是她刚一跨进门槛就问：

"厄庇米修斯，这个盒子里是什么？"

"亲爱的潘多拉，"厄庇米修斯答道，"这是个秘密，你最好不要问有关它的任何问题。有一个人把这个盒子留在这里，并让我妥善保管，可我自己也不知道里面是什么。"

"是谁给你的？"潘多拉追问道，"盒子又是从哪里来的？"

"这也是秘密。"厄庇米修斯回答。

"真是讨厌，"潘多拉噘起小嘴，"真希望这个难看的大盒子离我远一点！"

"好啦，别再想盒子了，"厄庇米修斯说，"我们出去找别的小朋友玩吧。"

厄庇米修斯和潘多拉生活在千年万年以前，那时的世界和现在非常不同。所有人都是孩子，不需要父母的照顾，因为既没有危险，也没有烦恼，更没有需要缝补的衣服，却永远都有充足的食物。孩子想吃饭时，就会发现树上的果实就是美餐。如果早上看到一棵树，那么晚上树上的果实就会变得更多；如果黄昏时分看到一棵树，那么第二天的早餐就会开始冒出花骨朵。这真是令人开心的日子，孩子们不需要劳动，也不需要学习，每天要做的就是运动和跳舞。他们用甜美的声音彼此交谈，或是像鸟儿一样唱歌，到处都是他们欢乐的笑声。

而最神奇的事情就是，孩子们从不会争吵。他们从来不哭，也从不会躲到角落里去生气。生活在那个时代是多么的幸福！事实上，那个时候根本不存在"烦恼"，可这种长着翅膀的丑陋的小妖精，如今却几乎和蚊子一样多。潘多拉没有弄清那个神秘盒子的秘密，有些烦恼，可这种烦恼或许就是那时的孩子最大的忧愁了。

起初，这种烦恼只是一丝淡淡的阴影；可日复一日，这个阴影越来越大；没多久，厄庇米修斯和潘多拉的小屋就再也不像其他小屋那样阳光明媚了。

"盒子是从哪里来的？"潘多拉不断地想着，不停地问着，"盒子里面到底有什么？"

"别总是说那个盒子了！"厄庇米修斯最后终于忍受不住，他对这个话题实在厌烦透了，"亲爱的潘多拉，真希望你能试着说点别的。走吧，我们去采点熟透的无花果当晚餐，就在树下吃。我还知道有一根葡萄藤，上面的葡萄最甜美了，你肯定没吃过。"

"你就知道葡萄和无花果！"潘多拉任性地说道。

"好吧，"厄庇米修斯说，他和那时的大多数孩子一样脾气温和，"我们出去和小伙伴们玩吧。"

"我已经厌倦了快乐的日子，就算以后再没有快乐，我也不会在乎！"任性的潘多拉说道，"而且，我从没有真正的快乐过。那个难看的大盒子！我脑袋里总是想着它，还是请你告诉我，里面到底是什么吧。"

"我已经说过很多次了，我真的不知道！我又怎么告诉你呢？"厄庇米修斯也有些生气。

"你可以打开它啊，"潘多拉斜着眼睛看着厄庇米修斯，"那样我们就能亲眼看看都有什么了。"

"潘多拉，你到底在想些什么？"厄庇米修斯大声说。

听到潘多拉要打开盒子，厄庇米修斯十分害怕，当初盒子被托付给他时，他曾被告知无论如何都不能打开。看到厄庇米修斯吓成这个样子，潘多拉于是也不好再提，可还是忍不住要打听盒子的事。

"那至少，你可以告诉我，这个盒子是从哪里来的。"她说。

"就在你来这里之前，一个人把它放在了门口，"厄庇米修斯说，"那个人看上去很和善，也很聪明，放下盒子时还在强忍着不笑出声。他穿着一件奇怪的斗篷，戴着一顶奇怪的帽子，那帽子有一部分似乎是用羽毛做成的，看上去就像是长着翅膀。"

"他拿着手杖吗？什么样的手杖？"潘多拉追问道。

"嗯，是你见过的最奇怪的手杖！"厄庇米修斯大声说，"就像是两条蛇绕在一根棍子上，而那两条蛇被雕刻得很逼真，我开始还以为它们是活的呢。"

"我知道这个人是谁，"潘多拉若有所思，"除了他，没有人会用这样的手杖。他肯定是水银，我也是被他带到这里的，和这个盒子一样。毫

潘多拉对盒子十分好奇（瓦尔特·克兰，手绘插图。）

无疑问，这盒子肯定是专门为我准备的。里面可能藏着漂亮的裙子，或是让我们一起玩的玩具，要不就是好吃的！"

"也许吧。可在水银回来之前，我们谁也没有权利打开盒子。"厄庇米修斯说着转身离开了。

"真够傻的！"潘多拉看着厄庇米修斯离开小屋，嘴里嘟囔着，"真希望他能勇敢一点！"

自从潘多拉来到小屋，这是厄庇米修斯第一次没有叫她一起出去玩。他独自一人去采无花果和葡萄，还和其他小伙伴玩了一会儿。潘多拉永远在提盒子，他真是厌烦透了，真希望水银，或是什么其他名字的信使，能把这个盒子留在其他孩子小屋的门口，这样潘多拉就不会看到它了。她真是太执着了！一直在说盒子、盒子，除了盒子就没其他东西了！这盒子就像是被施了魔咒，似乎连小屋都装不下它，不仅潘多拉总是被它绊倒，就连厄庇米修斯也常常会被绊倒，两个人的小腿被撞得满是乌青。

没错，可怜的厄庇米修斯从早到晚都在听着盒子、盒子，真是太为难他了。尤其是在那个快乐的年代，孩子们可能都不太习惯烦恼，也不知道有了烦恼以后该怎么办。所以这个小小的烦恼着实让他们心神不宁，就像现在我们会为比这大得多的烦恼而困扰一样。

厄庇米修斯离开后，潘多拉依然站在那里紧盯着盒子。她总是在说盒子难看，其实，不管怎样贬低它，盒子本身还是非常漂亮的。不管放在哪个房间，都是一件很不错的摆设。盒子是由一种漂亮的木材做成的，表面布满了黑色的纹理，被打磨得十分光亮，潘多拉甚至能从盒子表面照出自己的脸。那个时候，人们还没有能够当作镜子的东西，单凭这一点，她也应该喜欢这个宝贝盒子。可奇怪的是，她就是不喜欢它。

盒子的棱角都是用最顶尖的技艺雕刻的，边缘周围刻着面容俊美的男男女女，都是世上最漂亮的孩子，他们正在繁茂的花丛和绿树中间休息或

游戏。这些各不相同的人个个精美绝伦，放在一起又显得十分和谐，那些花朵，那些绿树，还有那些人，像是交织在一起的美丽花环。可是偶尔，透过盒子上雕刻的花草树木，潘多拉似乎还能看到一张并不美丽的脸，或是其他什么令人不快的东西，让整个盒子都黯淡了下来。可当她凑近细看，并用手指触摸那张脸时，又完全看不到什么丑陋的东西。可能是一张本来漂亮动人的脸吧，只要她斜眼一看，就立刻变丑了。

盒盖的中央是一张最美丽的面孔，使用的是高凸浮雕①工艺。除了盒子本身是乌黑光洁的木料，以及中央这张戴着花冠的脸庞之外，盒子也没有什么其他稀奇之处了。潘多拉一直盯着这张脸，想象着如果脸上的嘴巴愿意，就能像活人的嘴巴一样，莞尔一笑，或是抿住嘴角。的确，这张脸的表情十分生动，而且相当顽皮，看上去像是要从满是雕刻花纹的盒盖上冲出来。

如果这嘴巴能开口，它可能会这样说：

"别怕，潘多拉！打开一个盒子又能有什么危险？别在乎那个可怜又愚蠢的厄庇米修斯！你可比他聪明多了，也比他勇敢十倍。打开盒子吧，看看是不是能找到最漂亮的东西！"

差点忘了说，盒子已经被牢牢锁住了，并不是那种普通的锁或是其他类似的东西，而是一条被打上复杂绳结的金线。这个绳结看上去既没有头，也没有尾；还从没见过绳结可以打得这么巧妙，线头在里面来回穿进穿出那么多次，调皮地抵抗着所有试图解开它的手指，就连最灵巧的手指也不能。

可是绳结越复杂，潘多拉就越有兴趣，想看看绳结到底是怎样打上的。有那么几次，她已经将身体趴在了盒子上，甚至用拇指和食指掐起了绳结，但就是没有下定决心解开它。

---

① 一种浮雕形式，雕刻的图像会凸出表面。——译者注

潘多拉非常渴望打开盒子（瓦尔特·克兰，手绘插图。）

"我觉得，"她自言自语道，"我可能真的知道该怎么打开这个结。或许，我可以在解开绳结后再把它打上，这肯定没什么问题。即使厄庇米修斯知道了，也不会怪我。不过没有那个傻男孩的同意，我根本不需要打开盒子，当然也不应该打开，即使我能把绳结解开。"

如果潘多拉有事可做，或是能有其他事占据她的脑子，情况也许就会好很多，她就不会总是想着盒子的事。可在"烦恼"来到这个世界之前，孩子们的日子实在太轻松了，他们总有大把的空闲时间。当地球母亲还处在婴儿期时，他们总不能永远都在花丛中玩捉迷藏，或是用花环蒙上眼睛玩躲猫猫，或是其他任何能够想到的游戏。当生活的全部内容就只有游戏时，辛苦劳动倒成了真正好玩的事。那个时候，每个人真的是无事可做。我想，对于潘多拉来说，每天的任务最多可能就是打扫小屋，采几朵鲜花（那时到处都是花），然后再把花朵插进花瓶。最后剩下的时间，就只能交给那个盒子！

不过，对于潘多拉来说，惦记盒子说不定也会是件好事。至少她可以思考，而且只要有人听，她还有东西可以说！心情愉快时，她能欣赏盒子光洁的表面，还有边缘四周漂亮的人脸和花花草草。心情不好时，她完全可以推开它，还能任性地用小脚踹它。这盒子可是挨了她不少踢（就像我们即将看到的，这可是个会恶作剧的盒子，也应该被踢）。不过，话说回来，如果没有这个盒子，思维活跃的潘多拉还真不知道该如何像现在这样打发时间。

盒子里到底是什么？这可真是个无休无止的工作！里面到底会是什么？小听众们，想想看，如果你家也有这么一个大盒子，你的小脑袋该有多忙啊。你可能会猜想，里面装的是不是崭新漂亮的圣诞礼物或新年礼物？你觉得，你的好奇心会不会和潘多拉一样大？当只有你一个人面对盒子时，你会不会也很想把盒子打开？不过你应该不会这样做。噢，不，

不！如果一想到里面可能会是玩具，恐怕你也不会轻易放弃瞥上一眼的机会。我不知道潘多拉是不是想要玩具，因为在那时，整个世界就是孩子们的大游乐场，也许还没发明出来什么玩具。可潘多拉认为，盒子里一定是既漂亮又贵重的东西，所以她很想能偷偷看上一眼，就像在场的每个女孩一样。当然她可能比你们更要好奇，不过这个我也不能确定。

于是，那一天终于来了。就像我们一直所说的，潘多拉越来越好奇，最后终于在那一天达到顶点。她靠近盒子，已经下定一大半决心要去打开绳结。噢，任性的潘多拉！

起初，她试着把盒子抬起来；可盒子很重，对于潘多拉这样一个柔弱的孩子来说，实在有些困难。盒子的一端只被她抬起了几英寸，随着一声巨响，又重重地摔回在地上。过了一会儿，她似乎听到盒子里有动静，于是便把耳朵尽可能地贴上去，里面果然有闷闷的咕哝声。是不是耳鸣？还是自己的心跳声？总之无论是否听到声音，潘多拉都已经不再满足于此；不管怎样，她的好奇心更加强烈了。

潘多拉缩回头，目光落在了金线绳结上。

"打这个结的人真是心灵手巧，"潘多拉心想，"不过，我觉得自己能够解开这个结，至少我能找到金线的两个头儿。"

于是她伸出手，抓住绳结，仔细查看这个复杂的绳结到底是怎样缠上的。几乎就在不知不觉中，潘多拉很快就陷入了忙碌，忙着解开绳结。此时明亮的阳光正从打开的窗户射进来，远处孩子们快乐的嬉闹声也一起传了过来，其中可能还夹杂着厄庇米修斯的声音。潘多拉停了下来，听着外面的吵闹声。这是一个多么美好的日子！她为什么就不能聪明点，把复杂的绳结放到一边，再也不去想这个盒子，而是跑出去和小伙伴们一起玩呢？

可潘多拉的手指还是不自主地开始解绳结。她恰好瞥见了盒盖上那张

世界名画 《潘多拉》（*Pandora*），布面油画，法国学院派画家亚历山大·卡巴内尔（Alexandre Cabanel，1823—1889）于1873年创作，70.2×49.2cm。

一直戴着花环的脸，那张脸似乎正狡黠地朝她咧着嘴笑。

"这张脸看上去很淘气！"潘多拉想着，"她是不是在嘲笑我做错了事？我还是逃走吧，管他什么盒子！"

可碰巧的是，就在此时，她只是扭了一下绳结，神奇的事情就发生了。金线像是中了魔法一般自动松开，现在，这个盒子再也没有了锁。

"真是太奇怪了！"潘多拉大叫了起来，"厄庇米修斯会怎么说？要怎么把绳结再重新打上？"

她试了一两下，想要重新把结打上，可很快就发现自己根本做不到。由于绳结是突然被解开的，她根本不记得金线的缠法，于是她努力回忆绳结当初的形状，却发现自己什么都想不起来了。所以，她索性什么也不做，只是让盒子保持这个样子，直到厄庇米修斯回来。

"可是"，潘多拉又想，"当他回来发现绳结被打开，一定会怀疑我做过什么。要怎么才能让他相信我并没有看过盒子里的东西呢？"

于是，一个念头突然闪过她顽皮的小脑袋瓜，既然自己会被怀疑看过盒子里的东西，那还不如现在就索性看上一眼。噢，潘多拉真是又任性又愚蠢！她应该只想着做正确的事，不做错误的事，而不是琢磨着厄庇米修斯会怎么想或怎么说。如果不是盒盖上那张迷人的脸庞一直在诱惑她，如果不是她更加清楚地听到了盒子里轻轻的咕哝声，她也许就不会犯傻。她有些分不清楚，这一切究竟是真的还是自己的幻想。但她的确听到了低语声，但也可能是自己的好奇心在作祟。

"放我们出来吧，亲爱的潘多拉，让我们出来吧！只要让我们出来，我们都会是你的好朋友！"

"会是什么？"潘多拉想着，"盒子里的东西是活的吗？好吧，我还是看上一眼，就一眼，然后再把盖子盖上，就像原来一样安全！只看一眼，应该不会有什么危险。"

现在，再让我们看看厄庇米修斯正在做些什么吧。

自从和潘多拉住在一起以来，这是厄庇米修斯第一次在潘多拉不参加的情况下独自出去玩。不过一切都并不那么顺利，他没有以前那么开心。他没找到甜美的葡萄和熟透的无花果（如果说厄庇米修斯有什么缺点的话，那就是他太喜欢无花果），要不就是无花果熟过了头，太甜太腻。以前和小伙伴们玩时，他的快乐总是会化为笑声从嗓子里喷涌而出，让周围的小伙伴也跟着快活起来，可现在他却一点也高兴不起来。总之，他感到很不安，其他孩子并不知道厄庇米修斯出了什么事，其实就连他自己也不是特别清楚，自己到底为何会心神不宁。你们一定还记得，我曾说过在故事发生的那个时代，快乐是每个人的天性，也会是始终如一的习惯。那个世界还并没有学会其他东西，孩子是最早被派到这个美丽地球上的生命，任何一颗心灵或是身体都从没经历过病痛或创伤。

最后，厄庇米修斯发现自己怎样都开心不起来，于是决定不再玩了，还是回去找潘多拉，她此时的心情可能更会和自己"同病相怜"。于是，为了逗她开心，厄庇米修斯采了几枝花，编成了花环，打算戴在她的头上。这些花朵真是可爱，有玫瑰花、百合花、橙子花，还有许多其他的花，厄庇米修斯带着它们，身后留下了一路花香。花环编得很不错，对于一个男孩来说，有这样的技术已经非常难得了。我常常觉得，女孩的手指最适合编花环，但那时的男孩也能做得到，比现在的男孩灵巧多了。

现在，我必须要告诉大家的是，从刚才开始，天上就已经聚集了一大片乌云。尽管还没有完全遮住太阳，可厄庇米修斯一到小屋门口，乌云就吞噬了所有的阳光，天地间忽然阴沉了下来，让人感觉非常悲伤。

他轻轻走进屋子，想在潘多拉发现之前偷偷到她身后，把花环戴在她头上。可事实上，他根本没必要那样轻手轻脚，反而完全可以大踏步子，

就算他的脚步声像成年人或是大象那么沉重，潘多拉也根本注意不到，因为她实在太专注了。厄庇米修斯走进小屋时，这个任性的女孩把手放在盖子上，正要打开这个神秘的盒子。厄庇米修斯看到这样的情景，如果能大声叫出来，潘多拉或许就会把手缩回去，那么神秘盒子里那些致命的秘密就可能永远也不会被人发现。

然而，厄庇米修斯并没有叫出口，因为他也很好奇盒子里到底是什么。看到潘多拉正打算揭开这个秘密，他突然觉得不该只有潘多拉是这屋子里唯一的知情者。如果盒子里真有什么漂亮珍贵的东西，他自己也想分到一半。因此，尽管他曾经为阻止潘多拉的好奇心说过许多冠冕堂皇的话，可到头来还是一样犯了傻，和潘多拉一样犯下大错。所以，当我们责怪潘多拉时，也别忘了要对厄庇米修斯摇摇头。

就在潘多拉揭开盖子的同时，屋里突然暗了下来。天上的那片乌云已经完全吞噬了太阳；又过了一会儿，在一记低沉的闷响之后，天空中迸发出一道惊雷。可潘多拉一点都没在意，她只顾打开盒盖，然后往里面看去。盒子里突然冲出一大群长着翅膀的生物，从她身边急速掠过，就在这时，她听到厄庇米修斯发出一声惊呼，好像十分痛苦。

"啊，我被蜇到了！"他大叫着，"我被蜇到了！潘多拉！你为什么要打开盒子？"

潘多拉这才放开手中的盖子，开始看向四周，想要弄清厄庇米修斯到底发生了什么事。此时雷雨和乌云完全遮住了天空，屋里十分昏暗，她有些看不清周围的东西。不过她似乎听到了一种恼人的嗡嗡声，像是一大群大苍蝇，或是大蚊子，又或是金龟子、大甲虫之类的虫子，正在屋里横冲直撞。等潘多拉慢慢适应了昏暗的光线之后，竟看到了一大群丑陋的小东西正在飞，长着蝙蝠一样的翅膀，看上去凶神恶煞，尾巴上还带着可怕的长刺；就是这样的长刺刺到了厄庇米修斯。很快，潘多拉也开始大叫，那

潘多拉打开了盒子（瓦尔特·克兰，手绘插图。）

种痛苦和惊吓一点也不比厄庇米修斯少，本来闹哄哄的屋子里变得更加嘈杂。还有一只丑陋的小怪物竟然停在了潘多拉的额头上，要不是厄庇米修斯跑过来把它赶跑，还不知道潘多拉会被蜇成什么样子。

现在，如果你想知道从盒子里逃出来的这些丑陋家伙究竟是什么，那么我就来告诉你，它们就是人间所有的"烦恼"：邪恶的激情，各种各样的忧虑，上百种伤心，数不尽的疾病、悲惨和痛苦，还有更多不值一提的顽皮和无礼。总之，这个神秘的盒子里关着的正是能够折磨人类身心的各种邪恶，厄庇米修斯和潘多拉本该去好好守护它，让世上快乐的孩子们免受其苦。如果他们能够信守承诺，那么一切都会好好的。直到现在，成人不会忧伤，孩子也不会落泪。

话说回来，你们已经看到了，一个人的错误行为是如何给整个世界带来灾难的。就是因为任性的潘多拉打开了灾难性的盒子，厄庇米修斯又没有及时阻止，所以这些"烦恼"从此缠上人类，恐怕短期之内都不容易被赶跑了。你们应该会想到，两个孩子根本无法把这样一大群丑陋的东西关在自己的小屋里，事实正好相反，他们的第一反应就是打开门窗，希望把这些东西赶跑。于是，这些带着翅膀的"烦恼"飞到了屋外，开始困扰各地的孩子们，害得他们从此以后再也不能像原来一样快乐地大笑。更奇怪的是，从前地球上所有带着露水的花朵都是永不凋谢的，可从那以后，这些花只要盛开一两天就会枯萎凋零。孩子自己也原本都是可以永葆青春的孩子，可从此他们也开始一天天长大，并在不知不觉中很快变成了少男少女，之后再变成男人女人，最后又变成垂垂老者。

此时，任性的潘多拉和同样顽皮的厄庇米修斯还一直留在小屋里。两个人已被折磨得痛苦不堪，对于他们来说，这是创世以来第一次感受到疼痛，所以尤其难以忍受。他们当然不习惯这种痛苦，也根本不知道这种痛苦意味着什么。除此之外，他们还在生气地埋怨着彼此，却又沉浸在自责的痛苦之中，厄庇米修斯阴沉着脸坐在房间的角落，背对着潘多拉；而潘多拉则扑倒在地上，正把头靠在那个致命又可恨的盒子上。她放声痛哭，心仿佛都要碎了。

忽然，盒子里又传来了轻轻的叩击声。

"是什么？"潘多拉哭着抬起了头。

可厄庇米修斯根本没听到，或者说他实在没心情去听。总之，他没有作声。

"你太狠心了，"潘多拉又哭了起来，"都不和我说话！"

又是一声叩击！听上去像是小精灵正用小小的指节在盒子里调皮地轻敲着。

"你是谁？"潘多拉的好奇心又冒了出来，"你是谁？为什么躲在这个邪恶的盒子里？"

盒子里传来了一个纤细甜美的声音：

"只要打开盒子，你就会看到我啦。"

"不，绝不！"潘多拉说着又哭了起来，"我已经受够惩罚了！你就待在盒子里吧，淘气的小东西，你就应该待在那里！你那些丑陋的兄弟姐妹已经飞得到处都是，可别想再让我把你放出来，我才没那么傻！"

说着她朝厄庇米修斯看了一眼，希望能从他那里得到一点赞许。可这个满脸阴沉的男孩只是小声说了句"聪明"——只是这聪明劲儿来得太晚了点。

"啊，"那个甜美的小声音又响了起来，"你最好还是让我出来，我可不是那些用尾巴蜇人的讨厌家伙，他们也不是我的兄弟姐妹，你只要看我一眼就会知道。来吧，来吧，漂亮的潘多拉！我相信你会让我出来的！"

的确，这语气中似乎带着某种令人愉快的魔力，让人无法拒绝它的请

求。听到盒子里飘出的这个声音，潘多拉的心情不知不觉中轻松了许多。厄庇米修斯虽然还是坐在墙角里，但也已转过了大半个身子，心情看上去比刚才好多了。

"亲爱的厄庇米修斯，"潘多拉说，"你听到这个声音了吗？"

"当然，"他回答道，只是兴致还不是很高，"那是什么？"

"我该不该把盒子打开？"潘多拉问道。

"你随便吧，"厄庇米修斯说，"反正你已经闯了这么多祸，再多一个也无所谓。这么一大群'烦恼'都被你放了出来，再多一个也没什么区别。"

"你就不能温和一点吗！"潘多拉边擦眼泪边轻声说。

"哈，淘气的小男孩！"盒子里的小声音笑了起来，"他心里清楚，他自己也想看看我。来吧，亲爱的潘多拉，打开盒子。我有点着急，想安慰一下你。只要给我新鲜的空气，你马上就会发现，事情并不像你想象中那么可怕！"

"厄庇米修斯，"潘多拉大声说，"不管怎么样，我决定把盒子打开！"

"盒盖看上去有点重，"厄庇米修斯边说边跑了过来，"我来帮你！"

于是，两个孩子齐心协力再次打开盒子，里面飞出了一个温暖亲切、满脸笑容的小家伙，在房间里盘旋着，所到之处留下一片光亮。你有没有试过用一块小镜子反射太阳光，好让光线跳进黑暗的角落？现在就是这样。看，这个长着翅膀的陌生的小精灵在阴暗的房间里飞来飞去，飞到厄庇米修斯身边时，还用手指轻轻碰了碰刚刚被"烦恼"蜇肿的地方，红肿立刻消失了。然后它又亲了亲潘多拉的额头，她的伤口也痊愈了。

做完这些之后，愉快的小精灵又在两个孩子头上欢快地扑闪着翅膀，温柔地看着他们。两个孩子也开始觉得自己的行为并没有那么糟糕，因为如果不打开盒子，这位快乐的小客人就要和那些长着尾刺的小恶魔一样成

世界名画 《潘多拉的盒子》（*Pandora's box*），布面油画，作者未知。

为囚犯了。

"美丽的小精灵，请告诉我们，你是谁？"潘多拉问道。

"我叫'希望'！"浑身闪着光的小精灵答道，"我很活泼，很亲切，会让人愉快，所以也被放进了盒子，好弥补那群丑陋的'烦恼'带给人类的罪孽。它们注定要被放出来，别怕！不管它们如何作恶，我们都能应对。"

"你的翅膀就像彩虹，真漂亮！"潘多拉赞叹道。

"没错，就是彩虹，"希望说道，"因为，虽然快乐是我的天性，但我也是由泪水和微笑共同组成的。"

"那你会永远、永远和我们在一起吗？"厄庇米修斯问道。

"只要你们需要我，"希望愉快地笑着，"我就会和你们在一起。我将伴随你们一生，永远不离不弃。也许在某一年、某一月，或是某个季节，你们会偶尔觉得我已经彻底消失，但一次次在你最意想不到的时候，就会看到我的翅膀正在屋里的天花板上闪闪发光。是的，亲爱的孩子们，我确信，你们终将会得到这个世界上最美好的东西！"

"噢！告诉我们，请告诉我们那是什么？"两个孩子一齐叫出了声。

"先不要问，"希望把手指放在了它蔷薇色的嘴唇上，"不过，即使你们一生都没有得到，也一定不要绝望，请相信我的承诺，这是千真万确的。"

"我们相信你！"厄庇米修斯和潘多拉异口同声地说道。

他们的确相信。不仅仅是他们，世界上所有的人都会相信"希望"。说实话，我很高兴，愚蠢的潘多拉偷看了盒子里的东西（当然，对她来说这的确非常任性）。毫无疑问，那些"烦恼"直到今天还在世界各地到处乱飞，它们非但没有减少，反而又增加了许多。它们的确是非常丑陋的恶魔，而且还带着剧毒的尾刺。我自己也曾被"烦恼"缠绕，而且随着年龄

的增长，我想我遇到的"烦恼"还会更多。可我们还有那个可爱明亮的小精灵！还有"希望"！如果世界上没有它，我们又该怎么办？是"希望"赋予了这个世界灵魂；是"希望"让这个世界永葆青春。"希望"会告诉我们，即使是世间最幸福、最明亮的时刻，都终将是未来无尽极乐的一个剪影！

TANGLEWOOD PLAY ROOM

孩童乐园

丛林别墅游戏室

尾 声

"樱草花，"尤斯塔斯捏了捏她的耳朵，"你觉得我故事里的这个潘多拉怎么样？你和她是不是很像？不过你肯定不会像她那样，犹豫那么久才打开盒子。"

"然后我就该因为任性而接受巨大的惩罚，"樱草花机灵地回嘴道，"盒子打开后，跳出来的第一个东西肯定是长得和'烦恼'一模一样的尤斯塔斯先生。"

"尤斯塔斯表哥，"香蕨木开始发问，"盒子里装着的是这个世界上所有的烦恼吗？"

"所有！"尤斯塔斯回答，"包括现在的这场暴风雪，害得我没法去溜冰。"

"那盒子有多大呢？"香蕨木追问道。

"嗯，大概有三英尺长、两英尺宽、两尺半高吧。"尤斯塔斯说。

"啊，尤斯塔斯表哥，你在和我开玩笑呢！世界上哪有这么多烦恼，能装满这么大的一个箱子！说到暴风雪，它才不是烦恼，它只会带来快乐，所以它不会在那个盒子里的。"香蕨木说道。

"听到没有，"樱草花又得意起来，"他真是太不了解这个世界上的烦恼了。可怜的小东西，等他长到我这么大时就会变得聪明一点。"

说完，她就去跳绳了。

此时白天已经快要结束。门外的景色看上去相当沉闷，天一点点黑下来，远处飘着雪花，一切都灰蒙蒙的；天和地融为一体，看不到任何其他的踪迹。别墅门廊的台阶上满是积雪，显然已经好几个小时没人进出过。如果此时只有一个孩子站在别墅窗前，看着外面天寒地冻的景象，他也许会感到悲伤。可此时是六个孩子正聚集在一起，虽然无法把世界变成乐园，但大家聚在一起也能消除寒冬和风雪带来的忧郁。尤斯塔斯更是发明了好几种新游戏，让孩子们兴奋不已，一直闹到了晚上睡觉时间；而这些新奇的游戏倒是可以帮助孩子们打发接下来的几个风雪天。

三个金苹果

丛林别墅火炉边

引　言

　　大雪又下了整整一天。屋外后来是什么景象，我就不知道了。不过不管怎样，晚上时雪还是停了。第二天早上，太阳升了起来，阳光照耀在荒凉的伯克希尔山间，就像世界的其他地方一样灿烂。窗玻璃上结着厚厚的霜花，几乎看不清外面的风景。等待吃早餐时，别墅里的孩子们用指甲把霜花划出个小黑点，发现眼前的一切竟让他们欣喜不已。除了险峻的山边还有一两块光秃秃的土地，以及黑色松林在雪中投下的灰色阴影，所有的东西都是那样的洁白无瑕。这是多么美妙的景色！而更加美妙的是，外面明明冷得能把人的鼻子冻掉，可对于能抵挡得住寒气而身体又强壮的人来说，却没有什么会比明晃晃、硬邦邦的霜冻更令人振奋了，它会使人热血奔腾，让血液在血管里翻滚，就像是山坡上倾泻而下的溪流。

刚刚吃过早餐，孩子们就用毛皮棉袄把自己裹了起来，深一脚浅一脚地走进了大雪之中。在这样冰天雪地的天气里，他们玩得真开心！一次次乘着雪橇滑下山谷，根本没人在意会滑出多远。为了让游戏更好玩，他们多半会故意弄翻雪橇，跌个四脚朝天，总是不肯老老实实地平安到达谷底。一次，为了保证安全，尤斯塔斯带着长春花、香蕨木和南瓜花坐在了同一个雪橇上，然后全速滑向谷底。可不妙的是，雪橇在半路撞上了一个隐藏在雪地里的树墩，四个乘客被甩成了一堆！他们挣扎着站起来，却发现南瓜花不见了！她跑到哪去了？大家正纳闷地四处张望时，南瓜花唰地从一个雪堆里钻了出来，脸蛋冻得通红。我敢说，你们从没见过这么通红的小脸，整张脸蛋就像是在隆冬乍然盛开的大红花。接着大家都大笑了起来。

玩腻了雪橇之后，尤斯塔斯就让孩子们找个最大的雪堆，然后在里头挖了个大洞。可不幸的是，洞刚挖好，孩子们就一个个挤了进去，洞顶却在这时突然塌了下来，砸在他们的头上，把所有人都埋了起来！不过一眨眼，孩子们的小脑袋就又齐齐地从雪堆中冒出来，高大的尤斯塔斯在他们中间，褐色的卷发里夹杂着雪粒，看上去就像是一个庄重的白发老者。为了惩罚尤斯塔斯表哥建起的洞穴太不堪一击，所有孩子都一齐用雪球打他，打得他四处逃窜。

于是他跑进了树林，接着又拐到了繁阴溪边。这里被厚重的冰雪覆盖得几乎不见天日，溪水却仍在冰层下流动，他能听到水流发出的汨汨声。每一个小瀑布旁都垂坠着冰凌，又亮又硬。他来到湖岸，看到脚下是一片杳无人迹、洁白无瑕的平原，一直延伸到纪念碑山。太阳快要落山了，尤斯塔斯感觉自己从未见到过如此清新纯净的景色。他庆幸孩子们没有跟来，因为他们太过活泼，嬉戏打闹声会赶走现在这种高远、肃穆的感

受。如果他们在身边，他可能只会感到快乐（这一整天他都很快乐），但却永远不会知道冬日山间的日落竟是这样美丽。

太阳差不多完全落山后，尤斯塔斯走回别墅吃晚餐，吃完后又走进书房，我想他可能是想写一篇颂歌，或是几首十四行诗，或是什么别的诗句，来赞美一下落日时紫金色的灿烂云彩；可还未来得及推敲好第一个韵脚，门就突然被打开，樱草花和长春花走了进来。

"噢，孩子们！我现在可没空陪你们玩！"他转头看了一眼两个孩子，手里握着笔说道，"你们想干什么？我还以为你们早就睡了。"

"听他说什么，长春花，他还以为自己是个成年人呢！"樱草花说道，"他好像忘了，我今年都十三岁了，晚上想几点睡都行。不过，尤斯塔斯表哥，你得放下成人的架子，跟我们去一下客厅。孩子们正在谈论你讲的那些故事，连我父亲都想听，因为他想判断一下你的故事会不会产生什么坏的影响。"

"喂！樱草花！"这位大学生有些生气，"我觉得在成人面前讲这些故事可能不太合适。再说，你父亲是一位古典文化学家，我倒不是因为他的博学而觉得自己不行，只是怕他的学问用到现在，也会像把餐刀一样生锈过时。不过他一定不会赞同我在希腊神话故事里加入自己的东西，可就是因为有了这些奇思妙想，我才能深深吸引住像你们这样的孩子。一个人如果在年轻时就读过经典希腊神话，那么到了五十岁，他就绝不可能领会到我修改这些故事的妙处。"

"也许你说的很对，"樱草花说，"可你必须得去一下客厅！如果你不再给我们讲点云里雾里的故事，我父亲就不会看书，母亲也不会弹钢琴。所以还是乖乖听话吧，跟我走。"

虽然表面上装得有些恼怒，可尤斯塔斯细想之后还是觉得有些开心，因为他可以抓住这个机会向普林格尔先生证明自己如何才智超群，能把远

古的希腊神话讲述得和现代如此契合。在二十岁以前，一个年轻男子可能会羞于展示自己的诗文，但却很相信只要自己的作品能为人所知，就一定会将自己置于文学之巅。于是，他几乎不再反抗，就任由长春花和樱草花把他拉进了客厅。

这是一间宽敞大气的房间。房间一头是半圆形的窗户，窗户凹处立着一尊大理石塑像，是格里诺①名作《天使与孩子》的仿品，火炉旁的书架上摆满了厚重而装帧华丽的书，无影灯②的白光和炉火的红光交织在一起，使房间显得明快而温馨。火炉前是一张大大的扶手椅，普林格尔先生正坐在上面。他身材高大、相貌英俊，头顶有些微秃，坐在椅子里，显得舒服极了，椅子也和这个房间十分相称。他一向衣着考究，就算是不修边幅的尤斯塔斯，见他之前也要停在门口先整理一下衬衫领子。可现在，尤斯塔斯的两条胳膊正被樱草花和长春花扯着，于是只好狼狈地走进客厅，那样子就像是在雪堆里滚了一整天。不过事实的确如此！

普林格尔先生转过头，温和地看着他。尽管他很和气，可尤斯塔斯还是觉得有些不自在，因为自己的样子实在太随便了，就连思维也是乱糟糟的，毫无条理。

"尤斯塔斯，"普林格尔先生微笑着说，"我得知你最近在丛林别墅的孩子世界里名气很大，讲的故事都很受欢迎。这孩子，'樱草花'，你是这么叫她吧，还有那些孩子也都一样，他们都一直大力称赞你的故事，我和普林格尔夫人也很想听听。我很感兴趣，因为你的故事似乎在远古经典神话里加入了一点现代风格的想象和情感。至少，我从他们的话里是这么推测的。"

① Horatio Greenough，霍拉肖·格里诺，1805—1852，美国著名雕塑家、作家，与霍桑是同时代的人。——译者注

② astral-lamp，这里应该是指一种圆筒芯灯，内有平坦的环形凹槽，用来盛灯油，灯的结构使桌上不会产生影子。——译者注

"先生，您可不太适合听我的那些奇谈神话。"这位大学生说。

"可能的确不太合适，"普林格尔先生答道，"不过我觉得，对于一位年轻作家来说，最有力量的评论者往往是他最不愿意选择的读者。所以还是讲给我听听吧。"

"我觉得，评论者是否能与作者感情相通，与他是否适合担当评论者，还是有些关系的，"尤斯塔斯小声抱怨道，"不过，先生，如果您能耐心地听下去，我就一定会大胆地讲下去。不过请您记住一件事，我的故事面向的是孩子，是孩子的想象力和情感，而不是您。"

此时，尤斯塔斯瞥见壁炉上正放着一盘苹果，于是脑海中顿时浮现出一个故事。他迅速抓住这一闪而过的念头，将故事娓娓道来。

出场角色

ACTORS

赫斯珀里得斯（Hesperides）：古希腊神话中的仙女三姐妹，负责与百头巨龙拉冬（Ladon）看守位于极西方的金苹果圣园，园子里生长着一棵金苹果树。

赫拉克勒斯（Hercules）：古希腊神话中的大英雄，父亲是主神宙斯，母亲是珀尔修斯的孙女阿尔克墨涅（Alcmene）。他曾被要求完成十二个艰巨的任务，也称十二伟绩，寻找金苹果是其中之一。

革律翁（Geryon）：古希腊神话中居住在极西的巨人，长着三头、三身和六臂、六腿，是世界闻名的富户、绰号"黄金宝剑"的意卑利亚国王的四个儿子之一（意卑利亚后来分成了西班牙和葡萄牙）。

海德拉（Hydra）：古希腊神话中经常出现的怪物，身躯硕大，性情凶残，生有九个头，其中八个可以被杀死，但第九个头，即中间直立的一个，却永远都无法杀死。

希波吕忒（Hippolyta）：古希腊神话中的人物，传说是亚马逊部落的女王，好战英勇，战神阿瑞斯（Ares）的女儿，拥有一条神奇的腰带。

维纳斯（Venus）：古罗马神话中的爱神、美神，同时又是执掌生育与航海的女神，相对应于古希腊神话中的阿芙洛狄忒（Aphrodite）。

马尔斯（Mars）：即战神阿瑞斯，古希腊神话中为战争而生的神，奥林匹斯十二神之一，被视为尚武精神的化身。

安泰俄斯（Antaeus）：古希腊神话中的巨人，大地女神盖亚和海神波塞冬（Poseidon）之子，居住在利比亚。他力大无穷，只要保持与大地的接触，就不可战胜，因为这样他就可以从大地母亲那里获取无限的力量。后来在与大力神赫拉克勒斯的打斗中，被赫拉克勒斯用计打死。

阿特拉斯（Atlas）：古希腊神话中的擎天神，属提坦巨神（Titan）一族，因反抗宙斯失败，被惩罚在世界最西方用头和手顶住天。传说北非国王是阿特拉斯的后人，北非阿特拉斯山脉正是以他来命名的。

三个金苹果

你有没有听说过赫斯珀里得斯花园里生长的金苹果？假如今天还能在果园里找到一两颗这样的果子，那该是多么的昂贵！我想，在如今这个广阔的世界上，没有一棵树能结出这么神奇的果实，连种子也没有。

很久很久以前，赫斯珀里得斯的花园里还没有长满杂草。但即使是在那久远得几乎被人遗忘的岁月里，仍有许多人怀疑这世界上是不是真有能结出金苹果的树。所有人都只是听说，但从没有人见过。尽管如此，孩子们还是会常常听到金苹果的故事，他们边听边惊讶地张大嘴巴，下定决心等自己长大，就去寻找它们。而那些充满冒险精神的年轻人，要想比同伴们更勇敢地建立功业，也会去寻找这种珍贵的果实。他们当中许多人都一去不返，没有一个人会带着金苹果归来。据说，金苹果树下有一条恶龙在看守，长着一百个头，并以五十个头为一组分别负责时刻守卫和休息睡觉。难怪没有人能拿到金苹果！

在我看来，实在不必为了一个金苹果而冒这么大的风险。但假如那些苹果味道甜美、鲜爽多汁，那就是另外一回事了。哪怕树下有这么一条百头巨龙，也值得冒险去尽力摘一个尝尝。

不过，就像我刚才所说，那些厌倦了安逸生活的年轻人，还是常常想去赫斯珀里得斯花园寻找金苹果。一次，一位英雄就这样踏上了冒险的征程，虽然他从出生以来就很少有过什么安逸的时光。在我的故事里，这位英雄手持巨大的木棒，背上背着弓箭，按现在的方位来看，他当时一直在美丽的意大利附近徘徊，身上裹着狮皮，那是世界上最大最凶猛的狮子，是被他亲手杀死的。尽管总的来说，他品德高尚、仁慈大方，但总是怀揣着一颗狮子般勇敢的心。一路上，他不断向别人问路，问能不能走到那个著名的花园。可当地人并不知道花园在哪里；而且要不是看到这个外来人带着一根大木棒，很多人还很可能会笑话他。

他只有不断地赶路，并且仍然一路问着同样的问题。最后，他来到一个河边，看见一群美丽的少女正坐在那里编花环。

"美丽的女孩，你们是否能够告诉我，这条路能不能通向赫斯珀里得斯花园？"这个外来人问道。

少女们正玩得起劲，忙着把花朵编成花环，互相戴在彼此的头上；她们的手指似乎拥有魔力，那些掐在指间的花朵好像比长在枝头上时还要新鲜润泽、明艳芬芳。不过，听到外来人的提问，她们不禁扔下了手上的花朵，吃惊地看着他。

"赫斯珀里得斯花园！"一个少女惊叫道，"还以为凡人经历了那么多次的失败后，都已经厌倦了，不会再有人愿意去寻找金苹果了。那么请问，这位勇敢的旅人，你去那里是为了什么？"

"我的表哥是一位国王，"他答道，"是他命令我为他带回三个金苹果。"

"许多寻找金苹果的年轻人，"另一个少女说，"要么是为了他自己，要么是为了把苹果献给心爱的女孩。你对那位国王的爱有那么深吗？"

"不，"外来人叹了口气，"他一直对我又严厉又残忍，可我命中注定要服从他的命令。"

"那么你知道吗？"第一个说话的少女又问道，"那棵树下有一条百头巨龙在看守。"

"我知道，"外来人平静地答道，"可自从小时候起，我就擅长对付蟒蛇和恶龙，甚至把那当作游戏来打发时间。"

少女们看着眼前的这个人，他手里拿着硕大的木棒，身上披着毛茸茸的狮皮，体态强健昂扬。她们彼此低语了一阵，认定这个年轻人胆识过人，也许能建立不凡的功业。可树下的那条百头巨龙！一个凡人就算有一百条命，又怎能逃过它的尖牙利爪？这些少女心地善良，她们不忍心看到这样一位勇敢英俊的旅人去冒险，不想让他葬身于巨龙那一百张贪婪凶恶的大嘴之中。

"你还是回去吧，"少女们大声说，"回家去吧。你的母亲看到你能安全归来，会流下快乐的泪水。就算你赢得了伟大的胜利，她也无非会如此，还能怎么样？别管那些金苹果了，也别管那个狠毒的表兄和冷酷的国王。我们真的不愿看到你被那条恶龙吃掉。"

听到这样的劝告，外来人似乎有些心急。他毫不费力地举起硕大的木棒，打在身边一块半掩在土中的岩石上。只是被他这样不经意地一打，那块大石头瞬间就变成了粉末，这是只有巨人才能完成的事，可这位年轻人竟毫不费力地做到了，就像那些少女用花朵轻抚姐妹的脸颊一般轻松。

"你们还不相信吗？"他笑着说，"像这样的一击，总能打烂一个头吧。"

赫拉克勒斯与众神女（瓦尔特·克兰，手绘插图。）

接着他坐在草地上，向少女们讲述了自己的故事。从一出生起，他就被放在一个勇士的铜盾上，就在这时，有两条巨蛇爬了过来，张着血盆大口，想一口吞掉他，那时他还不过是几个月大的婴儿，可却用两只小手抓住了凶猛的巨蛇，把它们勒死了。长大后，他又杀死了一头巨狮，个头几乎和身上的这张狮皮一样大。后来，他又和一只丑陋的九头蛇搏斗，那个名叫"海德拉"的怪兽长了九个脑袋，每个上面都长着锋利无比的牙齿。

"可你要知道，"一位少女说，"赫斯珀里得斯的巨龙有一百个头！"

"虽然如此，"外来人答道，"比起九头蛇，我倒宁愿和两头这样的巨龙斗一斗。当时对付九头蛇时，每砍下一颗头，原地就立刻长出两颗新头，最后还有一颗头怎么都杀不死，砍下之后还在一直凶恶地咬我，所以我只好把它埋在了石头下。毫无疑问，那颗头至今还活着，可剩下的八颗头还有躯干却再也不能作恶了。"

少女们早就准备好了面包和葡萄，因为她们感觉这个人的故事一定还很长，所以想让外来人吃点东西提提神。她们愉快地招待他吃了点面包，有的少女还时不时地把甜葡萄塞进自己红润粉嫩的唇间，生怕外来人不好意思一个人享用。

他开始继续讲述自己的故事。他曾追赶过一只敏捷的雄鹿，一直追了一年，从没停下喘口气。最后，他终于抓住了鹿角，将它活捉。后来，他还曾和一群怪人作战，那些怪人半人半马，最后出于责任心，他还是把他们全都杀死了，免得这群丑陋的生物继续存在于世上。除了这些，他还提到自己曾清扫过一个马厩，并对此颇为得意。

"这也算是伟业吗？"一个少女笑着说，"这里任何一个傻瓜都能做到！"

"如果只是一个普通的马厩，"外来人答道，"我当然提都不会提。

但清扫这个马厩的任务却十分艰巨，要不是我灵光一现，想到挖一条渠道，将河水引进马厩，那得花上一辈子的时间来清扫。这下好了，一下子就可以冲洗干净了！"

看到美丽的听众们急切的表情，他接下来又讲述了自己如何杀掉了恶鸟，生擒了野牛，然后又放了它，还驯服过野马。他还讲述了自己怎样征服了亚马逊人的女王希波吕忒，这个女王尚武好斗，并提到他还拿到了希波吕忒的魔法腰带，后来将它献给了表兄国王的女儿。

"是不是维纳斯的腰带？那个爱与美之神，"其中一个最美丽的少女问道，"它能使女子的面貌秀丽无双。"

"不，"外来人说，"是战神马尔斯的剑带，只会让佩戴者英勇无畏。"

"一个旧的剑带而已，"那个少女摇着头说，"送给我，我也不稀罕。"

"没错。"外来人说。

他继续讲述精彩的故事。他告诉她们，他曾经历过的最奇怪的历险，就是和六腿巨人革律翁战斗。那可是一个又怪异又恐怖的家伙，任何人看到他在沙地或雪地上留下的足迹，都会以为是三个好朋友在结伴同行。远远听到他的脚步声，人们都会理所当然地以为来了好几个人。可实际上，那只是怪人革律翁在用六条腿行走！

六条腿！还有一个庞大的身躯！看上去显然就是个奇异的怪物。还有，噢！他得浪费多少双鞋啊！

外来人讲完这些历险后，看了看周围，发现少女们正在聚精会神地听着。

"或许，你们以前也听说过我，"他谦虚地说，"我就是赫拉克勒斯！"

"我们已经猜到了，"少女们说，"你的英雄事迹人人都知道。你去

寻找赫斯珀里得斯的金苹果，的确没什么不妥。好吧，姐妹们，让我们给这位英雄戴上花冠！"

接着她们纷纷把美丽的花环戴到赫拉克勒斯气宇不凡的头上，以及他强壮有力的肩膀上，赫拉克勒斯身上的狮子皮也完全被玫瑰花盖满了。她们又拿起他硕大的木棒，在上面缠满了最明艳、最柔软、最芳香的花朵。现在，这根橡木做成的木棒根本看不到原来的木色，简直就像是一个巨大的花束。最后，她们手牵手，围着他跳舞，唱着优美如诗的词句，这些小曲渐渐变成一首颂歌，歌颂着杰出的英雄赫拉克勒斯。

赫拉克勒斯十分高兴，能让这些年轻美丽的姑娘知道自己即将不畏艰险，完成壮举，世间的任何英雄都会高兴不已，赫拉克勒斯也不例外。不过他并不满足，他不认为自己取得的成就值得受到这样的赞誉，世界上还有许多艰难的历险正在等着他。

"亲爱的女孩，"他趁少女们停下来喘口气时说道，"既然你们已经知道了我的名字，那么请告诉我，怎样才能到达赫斯珀里得斯花园？"

"噢！你这么快就要走吗？"她们叫嚷着，"你已经创造了那么多奇迹，已经尝尽了艰辛，为何不能在这个宁静的河岸边休息一下？"

赫拉克勒斯摇了摇头。

"我必须马上出发。"他说。

"好吧，"少女们答道，"你要先去海边，找到一位老者，逼迫他来告诉你去哪里可以找到金苹果。"

"老者？"赫拉克勒斯重复着少女们的话，觉得这个古怪的名称有点好笑，"那么请问，那个老者是谁？"

"当然是海中老人！"一个少女答道，"他有五十个女儿，有人说她们个个美丽无比。不过我们觉得还是别和她们有什么瓜葛，因为她们都长着海绿色的头发，下半身就像鱼一样。你必须要和这个海中老人谈一谈，

《赫斯珀里得斯的花园》（*Garden of the Hesperides*），蛋彩水粉油彩画，英国浪漫主义流派代表画家爱德华·伯恩–琼斯（Edward Burne–Jones，1833—1898）于1869–1873年创作，119×98cm。

他会在海里游荡，并对赫斯珀里得斯花园了若指掌，因为那个花园就在他经常去的一个岛上。"

赫拉克勒斯于是问她们在哪里最有可能遇到这位老者。少女们告诉他之后，赫拉克勒斯便立刻踏上了征程。出发前，他为她们的帮助表示了感谢，感谢她们的面包和葡萄，以及可爱的花环和载歌载舞的赞美。而最令他感动的，则是她们告诉了他正确的路。

没走出多远，一个少女在后面叫住了他。"如果你抓住了那位老者，请一定不要放手！"她微笑着大声说。为了让赫拉克勒斯记住这一点，她还举起了手，"不管发生什么事，都不要感到惊奇。只要紧紧抓住他，他就会告诉你想知道的事。"

赫拉克勒斯再次向少女表示感谢，然后继续前行。少女们则坐下来继续愉快地编织花环，直到少年英雄离开很久以后，她们还在谈论着他。

"当他杀掉百头巨龙，带着三个金苹果胜利归来时，我们要把最美丽的花环戴在他的头上。"

此时的赫拉克勒斯正继续坚定地前行，他跨过山峰和谷底，穿过人迹罕至的树林，偶尔举起大棒，劈碎一株高大的橡树。他满脑子都是巨人和怪兽，把打倒这些家伙当作自己的使命，所以才错把大树当作了敌人。他急于完成任务，有点后悔在少女那里耽误了太多的时间。不过，对于生来就要完成大事的人来说，过去的伟业在他们看来无足轻重，即将要完成的任务才最值得他们不畏艰险，甚至付出生命。

假如这时碰巧有人路过，看到他正用巨大的木棒将大树击碎，一定会吓得不轻。因为他只是轻轻一击，树干就像被闪电劈开一样，粗壮的树枝哗哗地响着，整个倒在地上。

他匆匆地赶路，从不停顿或者回头。渐渐地，他听到了远处有大海呼啸的声音，于是便加快脚步，很快到达一片海滩。巨大的海浪正此起彼

伏，在沙滩上翻腾，溅起雪白的泡沫。不过海滩的另一头看上去却很舒服，绿色的灌木爬上了悬崖，把坚硬的石块勾勒得柔和而美丽，青翠的草地上零星点缀着芬芳的三叶草，就像一条绿色的毯子，盖住了悬崖和海水之间的狭地。赫拉克勒斯看到那里正有一个熟睡的老者，那肯定就是海中老人！

可是，那真的是一位老者吗？乍看上去的确像，可仔细一看，却发现更像是一个海怪，他的手臂和腿上都覆盖着鱼一样的鳞片，脚趾和手指之间长着鸭掌一样的蹼，长长的胡子是绿色的，更像是一丛海草。不知你有没有见过这样一根木棍？棍子一直在海浪里上下颠簸，上面长满了藤壶[①]，最后漂到岸上时，就像是从海底最深处被抛上来的。那位老人就像是这样一根木棍，一直在海里漂漂荡荡。可一看到这个奇怪的身影，赫拉克勒斯就立刻认定他是海中老人，那个能指引他到达目的地的老者。

没错，那就是热情的少女们所说的海中老人。赫拉克勒斯感谢上天，正好遇到他正在睡觉。于是他踮着脚悄悄走了过去，抓住他的胳膊和大腿。

"快说！"还没有完全清醒的老人听他大喊道，"怎样才能去赫斯珀里得斯花园？"

你一定猜到了，海中老人被惊醒后大吃一惊，可随即，赫拉克勒斯就比他更加吃惊。因为老人忽然就在他手中消失了，他发现自己正抓着一只雄鹿的前腿和后腿！可他依然紧紧抓住不放。接着，雄鹿消失了，又变成一只海鸟，拼命扑闪着翅膀，尖声大叫，赫拉克勒斯正抓着它的翅膀和爪子，可它就是没办法飞走。紧接着，海鸟又变成一只丑陋的三头犬，不停地咆哮、狂吠，还狠狠地撕咬着赫拉克勒斯的手！可赫拉克勒斯就是不

---

① barnacle，附着在海边岩石上的一簇簇灰白色、有石灰质外壳的小动物，不但能附着在礁石上，而且能附着在船体上，任凭风吹浪打也冲刷不掉。——译者注

肯松手。随后，三头犬又变成了六条腿的怪人革律翁，用剩下的五条腿狠狠踢着赫拉克勒斯，想挣脱被抓住的那条腿！可赫拉克勒斯依然坚持抓着他不肯松手。不一会儿，革律翁不见了，取而代之的是一条巨蛇，和他小时候勒死的那条很像，但比那条大上一百倍，它紧紧缠在英雄的脖子和身上，高高地耸起身子，张开血盆大口，像是马上就要把他吞下去。真是太可怕了！可赫拉克勒斯丝毫不畏惧，继续紧紧地掐住这条巨蛇，蛇立即痛得咝咝大叫起来。

要知道，这位海中老人尽管平日看上去很普通，长得就像船头杆子上的雕刻人像①，常年被海浪拍打侵蚀，可他其实拥有法力，能随心所欲地变化身形。当他发现自己被赫拉克勒斯紧紧抓住时，希望能通过施展法力变形后，把他吓得松开手。假如赫拉克勒斯放手，老人一定会跳进海底深处，然后躲在那里再也不上岸，免得回答他那些无礼的问题。我想，百分之九十九的人都会被他丑陋的相貌吓坏，并拔腿就跑。而世界上最难的一件事，就是分辨真正的危险和想象中的危险。

不过赫拉克勒斯却异常坚定，海中老人每次变换形象之后，他反而会抓得更紧，真是折磨坏了这位老者。无奈之下，老者只好变回自己最初的模样。原来这真是一个身体像鱼、长着鳞片、指间有蹼的怪人，下巴上的胡子就像是一丛海草。

"请问，你究竟要怎么样？"变来变去的老人累得有些喘不过气，他急忙大叫，"你怎么把我捏得这么紧？快放开我，不然我会觉得你蛮不讲理！"

"我是赫拉克勒斯！"强壮的外来人大喊道，"除非你告诉我通往赫斯珀里得斯花园的捷径，否则我绝不松手！"

老人得知年轻人的身份后，也知道没有别的办法，只好把一切和盘托

---

① Figure-head，人们固定在船首的图腾和人像，用作装饰或祈福保佑航行安全。——译者注

赫拉克勒斯与海中老人（瓦尔特·克兰，手绘插图。）

出。你们一定还记得，海中老人就是海中的居民，就像其他以海为生的人一样，总是四处游荡。自然，他时常会听到赫拉克勒斯的大名，知道他不断地在世界各地建立奇功伟业，也深知他不达目的誓不罢休的坚毅性格。于是他不再想办法逃走，而是告诉他怎样才能找到赫斯珀里得斯花园，并警告他，在到达目的地之前，一路上还必须要克服各种艰难险阻。

"你要一直向前走，然后这样走，再这样走，"海中老人指着各个方位点，"直到看到一个异常高大、双手托天的巨人。如果赶上那位巨人心情不错，他就会告诉你该如何前往赫斯珀里得斯花园。"

"如果那位巨人心情不好，"赫拉克勒斯用小指尖托着木棒，说道，"我可能会想办法说服他的。"

赫拉克勒斯谢过海中老人，并为自己刚才的无礼行为道过歉，便继续向目的地走去。这一路上他经历了许多奇遇，如果有时间逐一仔细讲来，倒都是值得一听的好故事。

如果我没记错的话，就是在这段路上，赫拉克勒斯遇到了一个大块头的巨人。大自然赋予了这个巨人奇异的能力，只要一碰到土地，力量就会比原来强大十倍，他就是安泰俄斯。大家知道，和这样一个家伙战斗是很困难的，因为每次他被打倒在地，再次站起来时都会比之前更强壮、更凶猛，所以也越来越难对付。因此，赫拉克勒斯越用大棒狠命地击打他，自己就越没有办法取胜。我以前也遇到过这样的人，但还好从没和他们动过手。赫拉克勒斯唯一能用的办法就是让巨人双脚离开地面，然后拼命地挤压他的身体，直到挤光他庞大身躯里的最后一丝力气。

之后，赫拉克勒斯继续踏上征途。他来到了埃及，并在那里成了俘虏，还差点被处死；要不是后来他杀死了那里的国王，顺利逃走，可能真的就没命了。之后他穿过非洲沙漠，以最快的速度赶到大洋岸边；在那里，他发现除非自己能踏着海浪行走，否则根本无法继续这次征程。

眼前只有一望无际的大海，波涛汹涌，海水泛着白沫。他向海平线看去，那里什么都没有。可就在下一瞬间，他似乎看见远远的有什么东西在漂。那是一个绚丽的金色圆盘，光彩夺目，就像日出或日落时看到的天边的太阳。这个神奇的东西显然正在向自己漂过来，因为它越来越大，也越来越亮。终于，它漂到了自己的附近，赫拉克勒斯发现那原来是一个巨大的杯子，也可以说是大碗，是用黄金或锃亮的黄铜做成的。这只大杯子为什么会漂在海上？我不知道，反正它就漂在那里，随着激烈的海浪一起一伏；白色的浪尖正冲击着它，但却没有一滴浪花溅在里面。

"我见过许多巨人，"赫拉克勒斯心想，"但从没见哪个巨人用这么大的杯子喝酒！"

是啊，多奇怪的杯子！太大了，大得就像……不过，总而言之，我说不出它究竟有多大，至少有十个磨坊水车那么大。虽然是纯金属的，可它竟能轻飘飘地浮在海面上，比浮在小溪上的橡果壳还要轻盈。它就这样被海浪推着向前，最后终于被冲到岸上，停在了赫拉克勒斯的不远处。

杯子一上岸，赫拉克勒斯就立刻明白了一件事。他曾经历过无数次冒险，可不是白白经历的。只要遇到不同寻常的事，他就会立刻领悟到该怎样做。很明显，这个神奇的杯子是在某种神秘力量的控制下出现在海上，然后又被指引漂到这里，目的就是为了帮助自己渡过大海。于是，他毫不犹豫地立刻翻过杯子，滑到杯里，将狮皮铺在底下，任由杯子漂向大海，自己开始闭目养神。自从和河岸少女道别之后，他几乎一直不眠不休。海浪击打着杯子，发出悦耳的声音；杯身在轻轻摇晃，是那样令人安心、镇定。赫拉克勒斯很快就睡着了。

就这样过去了很久，杯子忽然擦到了一块石头，摩擦的金属声在杯内激起了回响，那声音比教堂里的钟声还响上一百倍。赫拉克勒斯被惊醒了，于是立刻坐起身，四下看了看，想弄清楚自己到了哪里。很快，他就

发现大杯子已在海上漂出了很远，现在正来到一座小岛，准备登陆。你们猜一猜，他在那个岛上看到了什么？

不，你绝对猜不到，就是猜上五万次也猜不到！我觉得，赫拉克勒斯就算是曾经经历千难万险，并见多识广，也不会见过这样神奇的景象。那只九头蛇，即使长出新头的速度快过以前的两倍，跟这一比，简直也不算什么。那是要比九头蛇更神奇，比六脚怪更巨大，比安泰俄斯更魁梧，比史前或史后人类见过的任何东西都庞大，比未来任何来到这里的旅人所见到的东西都要雄伟的——巨人！

这个巨人怎么会这么高？就像是一座山！他那巨大的身子围绕着云雾，以云作腰带，以云为胡须，还被云遮住了眼睛，他当然看不见赫拉克勒斯，也看不见金杯。最神奇的是，这个巨人正高举庞大的双手，似乎是在托着整个天空。赫拉克勒斯穿过云层看过去，天空就像是正靠在他的头上休息。这太令人难以置信了！

闪亮的金杯继续向前漂着，最终漂上了岸。一阵清风恰好吹走了巨人眼前的云朵，赫拉克勒斯终于看清了巨人的脸庞和粗犷的五官。他的眼睛就像远处的湖泊一样大，鼻子足有一千多米长，嘴巴也有一千多米宽。这样一张硕大的脸庞实在令人心惊胆寒！可他的表情却充满了哀伤和疲惫，就像生活中许多被重担压得不堪重负的人们；对于巨人来说，天空就像是一个令他不堪重负的重担。当人们试着承担超出自己能力以外的重担时，就会遭遇不幸，就像这位遭到厄运的巨人一样。

可怜的大家伙！显然，他已经站在那里很久了，脚边曾长起又灭绝了一片古老的森林，脚趾间曾有橡果在这里生根发芽，如今又已长成了七八百年高龄的大树。

巨人硕大的眼睛从高处俯视着大地，他突然发现了赫拉克勒斯，于是发出雷鸣般的大吼，吓走了面前的点点白云。

赫拉克勒斯与阿特拉斯（瓦尔特·克兰，手绘插图。）

"脚下的家伙，你是谁？坐着那个小杯子，从哪里来的？"

"我是赫拉克勒斯！"英雄高声回应着，声如洪钟，几乎和巨人的声音一样响亮，"我在寻找赫斯珀里得斯花园！"

"嚯！嚯！嚯！"巨人咆哮着，"果然是一次明智的冒险！"

"为什么不是？"赫拉克勒斯大喊道，受到巨人如此的嘲笑，他有些生气，"你以为我会害怕那只百头巨龙吗？"

两个人正在说着，几片乌云突然聚集在巨人的腰间，霎时间暴雨大作、电闪雷鸣。在一片喧嚣声中，赫拉克勒斯一个字也听不清了。他只能隐约看见巨人那壮硕的大腿矗立在暴风雨中，偶尔还能看到巨人的全身正在浓雾中时隐时现。他似乎一直在讲话，可那浑厚、低沉、粗哑的声音与雷电的噼啪声交织在了一起，回响在山间。这个傻瓜，此时说话肯定会被雷声盖住的，简直就是白费口舌！

这场风暴来得快，去得也快，天空再一次变得明净。疲惫的巨人托着天空，怡人的阳光照耀在他巨大的身躯上，映衬着他背后阴沉的乌云。他的头正好在云层之上，所以连根头发丝都没有被暴风雨打湿！

巨人看到赫拉克勒斯还站在海边，不禁又大喊了起来。

"我是阿特拉斯，世界上最强大的巨人！我能把天空顶在头上！"

"这我知道，"赫拉克勒斯答道，"不过，你能告诉我该怎样去赫斯珀里得斯花园吗？"

"你去那里做什么？"巨人问。

"我想要三个金苹果，"赫拉克勒斯大喊，"将它们献给我的表兄，一位国王。"

"谁都不行，"巨人说，"只有我才能得到赫斯珀里得斯花园里的金苹果。如果不是托着天空，我几步就能跨过大海，帮你把它们摘下来。"

"太好了，"赫拉克勒斯说，"你不能把天空放在山顶上吗？就一

会儿。"

"那些山都太矮，"阿特拉斯摇着头，"不过，我身边的这座山还算行，你可以站到山顶上，可能就会和我差不多高。看上去你也好像有点力气，不然你帮我扛一会儿，我替你跑一趟，怎么样？"

你们一定还记得，赫拉克勒斯可是一个很有力气的人。虽然托着天空需要有相当大的力量，但如果说让凡人担得起这个重任，也就只能是赫拉克勒斯了。不过，这个任务看上去过于艰巨，赫拉克勒斯第一次有些迟疑。

"重不重？"他问道。

"嗯，一开始不是很重，"巨人耸了耸肩，"不过如果背上一千年，可就很有点沉了！"

"那你要花多长时间才能把金苹果带回来？"英雄问道。

"噢，要不了多久，"巨人大喊，"我一步就能跨出十多里，你的肩膀还没感觉疼，我就已经从花园回来了。"

"那好吧，"赫拉克勒斯答道，"我这就登上你身后那座山的山顶，接过你的担子。"

其实，善良的赫拉克勒斯也觉得自己应该帮一帮这个巨人，好让他有机会能自在地转悠一会儿。另外他觉得，如果告诉别人自己曾托起过天空，那不是显得更加厉害？跟这个相比，杀掉百头巨龙实在是太寻常了。于是，他不再说话，默默地从阿特拉斯的肩上接过重担，将天空扛在了自己的肩上。

赫拉克勒斯一接过天空，巨人立即舒展了一下身子；可以想象那会是怎样壮观的场景。接着，他慢慢地从茂密的森林中抽出双脚，然后忽然开始又蹦又跳、手舞足蹈，为重获自由感到高兴无比。他一跃冲向天空，不知跳了多高，然后又猛地落下，震得大地直颤。最后他哈哈大笑

世界名画 《赫拉克勒斯与海德拉》（*Hercules and the Hydra*），画板蛋彩画，意大利文艺复兴时期佛罗伦萨画派代表人物安东尼奥·德尔·波拉伊奥罗（Antonio del Pollaiolo，1429—1498）于1475年创作，17.5×12cm 。

起来，震耳欲聋的笑声像雷声一样在山间回荡，就像是有许多远远近近的兄弟们在和他一同欢庆。稍稍平静下来之后，他跨进大海，第一步就走出十英里，海水没过他的半截腿；第二步又跨出十英里，水刚好没过他的膝盖；第三步又是一个十英里，水几乎到了他的腰间；而这里已经是大海的最深处了。

赫拉克勒斯默默地看着巨人，那场景简直令人难以置信。那个巨大的身躯早已远在三十里之外，半截身子没入海水里，可上半身仍然高大无比，周围弥漫着迷蒙的雾气，就像是远处靛青色的高山。最后，那伟岸的身躯完全走出了视线。此时赫拉克勒斯忽然开始担心起来，如果阿特拉斯不幸淹死在海里，或是被看守花园的百头巨龙咬死，那该怎么办？如果真的发生了这样的不幸，他该怎么卸下天空的重担？他的头和肩膀已经开始隐隐作痛了。

"真同情那个可怜的巨人，"他心里想着，"这才短短的十分钟，我就感觉累了，可他已经背了一千年，那该有多累！"

噢，可爱的小家伙们，你们哪里知道，头顶上那个蔚蓝色的天空，看上去那么柔软、缥缈，其实却是一个多么沉重的负担！那里有咆哮的狂风，阴冷潮湿的云朵，还有炽热的太阳，每一个都在折磨着赫拉克勒斯。他开始有些害怕，巨人会不会不回来了？他悲伤地凝视着下面的世界，心里想，在山脚下做个牧羊人也很快乐自在，总好过站在这高高的山顶，拼命地托着天空！要知道，赫拉克勒斯虽然身负重担，但心里深知自己的责任其实更重。如果一个没站直，没稳稳地顶住天空，太阳可能就会倾斜！或者夜幕降临后，星星们就会从各自的位置上脱离，像火焰雨一样浇到地面人类的头上！要是没能保持住平衡，让天空裂开一个大缝，那这位英雄将会是多么惭愧！

不知道过了多久，赫拉克勒斯终于看到了阿特拉斯庞大的身躯，他高

兴极了！巨人的身影就像一片云，飘在海的那一边，然后渐渐走近。赫拉克勒斯可以清楚地看到，巨人举起的手上正托着三颗光芒四射的金苹果，每颗都跟南瓜一样大，结在同一根枝头上。

巨人走近后，赫拉克勒斯大喊道："很高兴再次见到你，看来你已经摘到了金苹果！"

"当然，当然，"阿特拉斯答道，"这苹果真好看，我可是选了三个最好的，我保证。噢！赫斯珀里得斯花园真漂亮，那条百头巨龙更是神奇无比！总而言之，你如果能自己去摘果子就好了。"

"没关系，"赫拉克勒斯说，"你好好地舒展了筋骨，还帮我完成了任务，这和我亲自去一样好。非常感谢你的帮助。现在，我还有很长的路要走，并且急着回去，那位表兄国王一定已经着急了。你把天空接回去吧。"

"咦，说到这个，"巨人一边不紧不慢地说着，一边把苹果抛向空中，足有二十英里高，然后再把它们接住，"说到这个，我的朋友，我觉得你还没有弄明白。让我去把金苹果献给你的表兄国王，不比你自己跑一趟快得多？既然陛下这么着急，我答应你，一定会尽量迈大步。还有，我现在暂时还不想接过天空！"

听到巨人的话，赫拉克勒斯着急地耸了耸肩。此时正是黄昏，你们此时可能会看到天上掉下了两三颗星星。地上的人们都惊恐地抬起头，以为整个天空都会立即掉下来。

"噢，这可不行！"巨人阿特拉斯大声喊道，"近五百年里掉下的星星也不如你这个多！等你站的时间和我一样长，就会学着忍耐了。"

"什么！"赫拉克勒斯愤怒地大叫，"你是想让我一直顶下去吗？"

"以后再说这个问题，"巨人说，"不管怎么样，你不应该抱怨。想想你还要顶上个几百年，或者一千年！我的时间可还要长得多，就算背痛

SYDEREVM FESSO GESTAT ATLANTE POLVM .

世界名画 《赫拉克勒斯与阿特拉斯》（*Hercules and Atlas*），木板油画，德国文艺复兴时期重要的画家及平面设计师大卢卡斯·克拉纳赫（Lucas Cranach the Elder, 1472—1553）创作，109.7×98.8cm。

也得强忍着。嗯，就这样吧，如果我一千年后心情好的话，咱们就再换回来。显然，你很强壮，没什么会比这个机会更能证明你的力量了！我向你保证，后人们一定会歌颂你伟大的事迹！

"哼，没问题！"赫拉克勒斯动了动肩膀，"那这样吧，你把天空接过去一会儿，就一会儿，行不行？我想把狮皮垫在肩膀上，好让我好受一些。这张狮皮穿在身上实在不舒服。我还要在这里站上很多年，怕到时候会引起不必要的麻烦。"

"这倒是很公道，好吧！"巨人说。其实他对赫拉克勒斯并无恶意，刚才的行为最多只是有点自私。于是他说："那我就顶个五分钟。记着，就五分钟！我可不想再站在这里一千年。我曾经说过，'变化才是生活里的调味剂'"。

噢，真是一个既无赖又笨头笨脑的巨人！只见他扔下金苹果，从赫拉克勒斯的肩上接过天空，放回自己的手上。就在这时，赫拉克勒斯飞快地捡起三个金苹果，头也不回地往回跑去，完全不理身后大喊大叫的阿特拉斯，那声音响得就像在打雷！

巨人的脚边又长起了一片森林，林间那六七百年高龄的橡树，正在他硕大的脚趾间慢慢变老。

直到今天，巨人还一直站在那里。总之，一直耸立在那里的高山和他长得很像，名字就叫作"阿特拉斯山"。当雷电在山峰间轰鸣着滚过时，我们可以想象得到，那正是巨人阿特拉斯在一声声地呼唤着赫拉克勒斯！

TANGLEWOOD FIRESIDE.
AFTER · THE · STORY ·

三个金苹果

丛林别墅火炉边

尾 声

"尤斯塔斯表哥，"一直坐在尤斯塔斯脚边，张着嘴听故事的香蕨木开始发问，"那个巨人到底有多高？"

"噢，香蕨木，"大学生叫道，"你是不是以为我也曾经在那里，用尺子量过他的身高？好吧，如果真的非要知道，我只能说，他大约有三到十五英里那么高，能坐在塔科尼克岭上，把我们的纪念碑山当脚凳。"

"天啊！"乖巧的香蕨木叫了出来，"真是一个巨人！那他的小指头有多长呢？"

"从别墅到湖边那么长。"尤斯塔斯说。

"真大！"香蕨木为这种精确的描述兴奋不已，"那么，赫拉克勒斯的肩膀有多宽呢？"

"这个我也不知道，"尤斯塔斯说，"不过我想，肯定比我的肩膀宽得多，比你爸爸的也宽得多，比当今所有人的肩膀都宽得多。"

"那么，"香蕨木把嘴贴上了尤斯塔斯的耳朵，"你能告诉我，巨人脚趾间长出的那棵橡树有多大吗？"

"比史密斯上尉家的大栗树还要大。"尤斯塔斯回答。

"尤斯塔斯，"思考一阵之后，普林格尔先生终于开口，"对于你讲的这个故事，我觉得，真不知该怎样表扬你，我也很想满足你作为作者的自豪感。但请听听我的建议，以后还是不要试图改编这样的希腊古典神话，你的想象力完全是哥特式①的，所以会把你描述的一切都哥特化，那效果就像是给大理石雕像涂上油彩，完全不伦不类。就说你添加的这个巨人吧！希腊神话的结构一向完美，但你却强塞进一个身材比例如此不协调的庞大身躯，作为一个整体如此和谐的希腊神话故事，即使是那些奇异夸张的细节，也要有所节制。"

"我正是按照自己心目中巨人呈现的样子来描述的，"尤斯塔斯感觉自尊心受到了伤害，"先生，如果您能改变心态，并愿意去改造希腊神话，那么您立刻就会发现，对于这些神话传说，古老的希腊人并不比一个美国北方佬更有特权。希腊神话是世界共同的遗产，也是所有时代的人们所共有的。古代诗人可以随意改造它们，他们手中的神话柔软得可以被捏来捏去，那我为什么就不能按照自己的审美来重塑它们？"

普林格尔先生不禁微微一笑。

"还有，"尤斯塔斯接着说，"只要您把自己的内心、热情、喜爱、人伦或天理都倾注到古典神话的框架中，那它就会变得和以前大不一样。

----

① 即哥特文学，英语文学派别，西方通俗文学中惊险神秘小说的一种，常与黑暗、恐怖联系在一起，显著的哥特文学元素包括恐怖、神秘、超自然、厄运、死亡、颓废，等等。——译者注

我认为，这些神话本应是远古时代人类的共同财产，希腊人却把它们据为己有。他们将这些故事打造得异常完美，但却又冷酷无情，无形中会给后世的人们造成巨大的伤害。"

"那么，毫无疑问，你就注定要背负弥补这些伤害的重任吗？"普林格尔先生大笑起来，"好吧，好吧，请继续。不过要记住，千万不要把你这些歪曲的作品变成文字。下一个故事会是什么？你可以试试关于阿波罗的传说。"

"噢，先生，您认为我就修改不了阿波罗的故事吗？"尤斯塔斯沉思了片刻说道，"乍一想，一个哥特式的阿波罗的确很荒谬。不过我会好好考虑您的建议，或许也能获得成功。"

两个人讨论的东西，孩子们一个字都没听懂。听着听着，他们就困了，然后被送到床上去睡觉；上楼时还能听到他们在昏沉中含糊地说着梦话。西北风在别墅旁的树梢上呼啸着，像是在屋子的周围唱着赞美诗。尤斯塔斯回到书房，重新开始搜肠刮肚，但却在琢磨着该用哪个韵脚时睡着了。

THE MIRACVLOVS PITCHER. THE HILL-SIDE. INTRODVCTORY TO THE MIRACVLOVS PITCHER

神奇的罐子

山坡上

引 言

接下来，我们会在什么时候以及会在哪里找到那些孩子呢？这一次，不再是隆冬，而是美丽的五月。孩子们也不在丛林别墅的游戏室或炉边，而是在一座大山的半山腰，或者叫它"巨大的山"。孩子们从别墅出发后，立志要登上这座大山，一直抵达光秃秃的山顶。当然，这座山肯定不如钦博拉索峰和白朗峰那么高，即使跟附近的老灰锁峰比起来，也矮着一大截。但不管怎么说，它还是远远高过那些数不清的蚂蚁窝和老鼠洞。如果以孩子们的小脚来衡量，这还真是一座不折不扣的高山。

那么，尤斯塔斯表哥也和他们在一起吗？这一点你可以确定，不然这本书还要怎么写下去呢？现在他正在放春假，样子和四五个月前差不多，

可如果仔细盯着他的上唇，就会看到那里已经有了一小茬胡须。除了这个成熟男性的标志以外，你可能会觉得尤斯塔斯表哥还和刚认识他时一样，是个大男孩，风趣幽默、活泼好动，深受孩子们的喜爱。这次登山远足就完全是他的主意；一路向上全是陡坡，所以他一直在轻快地高喊，给大一点的孩子们鼓劲。年纪小一些的蒲公英、流星花和南瓜花感觉累时，尤斯塔斯就挨个儿背着他们上山。就这样，他们走过了山脚下的果园和草场，到达了一片树林；这片树林一直延伸到光秃秃的山顶。

这一年的五月，一直比往年的五月更宜人。今天更是风和日丽，是大人孩子们所盼望的最好的天气。上山的途中，孩子们发现了许多紫罗兰花，有蓝色的、白色的，还有金色的；那些金色的花黄灿灿的，就像被弥达斯国王碰过一样。所有花中最友善、最合群的还要属那些茜草科小花，山坡上随处可见。这些花从不独居，热爱同类，喜欢和众多的"亲朋好友"共处。有时你会发现一大家子的小花，覆盖着不过巴掌大的土地；有时则会发现一片很大的茜草科植物群落，能将整片草地染成白色；一株株地靠在一起，正快乐茁壮地生长。

树林边还有许多子柱花[1]；它们都太谦让了，总是急忙躲开阳光，所以花的颜色更接近于白色，而不是红色。还有一些野生天竺葵和锦簇的白色草莓花。而那些匍匐浆果鹃[2]的花朵还未过花期，但却把珍贵的花瓣藏在去年枯萎的落叶里，就像鸟妈妈小心地藏起自己的幼鸟；我想，这些花一定是知道自己的花瓣有多么美丽芬芳，所以才会藏得如此巧妙，孩子们偶尔闻到了它那清幽的花香，但就是没法很快找到它藏在哪里。

田野、草地，到处都是已经结了籽的蒲公英，就像是顶着一团团白色的假发。在这样一派欣欣向荣、生机勃勃的景象里，让人觉得又奇怪又可

---

[1] columbine，也叫耧斗草、耧斗菜，原产于欧洲和北美洲，花语为"胜利"。——译者注

[2] arbutus，也称五月花，杜鹃花科蔓生常绿植物。——译者注

惜的就是这些蒲公英，夏季明明还没到，可它们的夏天却已经结束了；这些带着翅膀的小花球一旦结籽，它们成熟的秋季就已经到来了。

好吧，不再浪费宝贵的篇幅来专门谈论这些春光和野花，还是说一些更有趣的事吧。看，孩子们都已围在了尤斯塔斯身边，而尤斯塔斯则正坐在一个树墩上，像是马上就要开始讲故事了。其实，年纪小一点的孩子们早就发现，靠自己小小的步子来丈量这长长的山路，实在是一项艰巨的任务，也会花掉很长时间。于是尤斯塔斯表哥准备将香蕨木、流星花、南瓜花和蒲公英留在半山腰，由其余的孩子爬上山顶。可留下的孩子不太喜欢被困在原地，所以忍不住开始抱怨起来，于是尤斯塔斯从口袋里掏出几个苹果，提议会给他们讲一个好听的故事，孩子们这才露出了笑容。

说到这个故事，我当时也正躲在一棵灌木后面偷听，接下来的内容也只是我的转述而已。

出场角色

ACTORS

（*注：此处提及的众神及英雄和神兽等角色，其角色关系均出自于传统经典古希腊神话故事，其故事情节与霍桑在本书中的改写有所不同。）

菲利门和博西斯（Philemon and Baucis）：古希腊神话中生活在弗里吉亚的一对贫穷而虔诚的老夫妻。当主神宙斯和赫尔墨斯（即墨丘利/水银）化作凡人巡访人间时，受到了这对老夫妻的慷慨款待，而他们富有的邻人们却把这两位神明赶了出去。作为奖惩，宙斯引发大洪水淹没了村庄，却使他俩幸免于难。神把他们的房子变成了神殿，并使他们如愿成为了祭司，终生看守神殿。后来，他们同时死去的愿望也得以实现，死后分别化作橡树和菩提树。两棵大树的树枝相交，永远相守。本书中出现的两个陌生人应该就是宙斯和赫尔墨斯。

宙斯（Zeus）：古希腊神话中第三代众神之王，奥林匹斯十二神之首，统治宇宙的至高无上的主神，是希腊神话里众神中最伟大的神。

THE·MIRACVLOVS·PITCHER

神奇的罐子

很久很久以前，一个傍晚，老菲利门和他年老的妻子博西斯正坐在小屋门口，享受着平静而美丽的黄昏。他们已经吃过简单的晚餐，正准备消磨睡前这一小段静谧的时光。两个人正在谈论自家的菜园、奶牛和蜜蜂，还有那沿着小屋墙壁攀援而上的葡萄藤，藤上的葡萄粒已经开始变成紫色。就在这时，附近村子里传来了孩子们粗鲁的叫喊声和尖锐的狗叫声，而且越来越大，直到夫妇俩再也听不清对方在说些什么。

"噢，老太婆，"菲利门大声说，"是不是又有哪个可怜的流浪者想在邻居那里借宿，他们不但不让客人进门，还放狗咬他？他们总是这样！"

"唉，"博西斯说，"真希望这些邻居能对别人仁慈一点。想想他们是怎么教育孩子的，真是可怕！看着那些孩子朝外乡人扔石头，他们竟然还会赞许地拍拍他们的头。"

"那些孩子以后也不会是什么好人，"菲利门摇了摇满是白发的脑袋，"说实话，老太婆，要是哪天村子里的人全都遭遇了什么可怕的事，我一点也不会觉得奇怪。除非他们能痛改前非，好好注意自己的言行。不过，对于我们来说，只要老天给了我们一块面包，就要随时准备将一半面包施舍给所有穷困潦倒、无家可归的陌生人，不管是谁，只要他需要。"

"当然，老头子！"博西斯说，"我们一定会的！"

要知道，这可是一对贫穷的老人，他们为了生计不得不每日辛勤地劳作。老菲利门整日在菜园里努力耕耘，博西斯则一天到晚忙着纺纱，要不就是用自家奶牛产的牛奶做点黄油和奶酪，或是在小屋门旁做点杂事。他们的食物几乎只有面包、牛奶和蔬菜，偶尔能从蜂巢里弄点蜂蜜回来，或是从墙边摘来一两串熟葡萄。可他们两个却是世界上最善良的老人，永远都是宁愿微笑地省去一顿晚饭，也不愿拒绝门前停下的疲惫的旅人，哪怕送给他们一片黑面包、一杯鲜牛奶或是一勺蜂蜜。他们仿佛觉得，这样的客人总有一种神圣感，所以对客人应该比对自己更好，更慷慨。

他们的小屋立在一片高地上，离最近的一个村子并不远；那个村子坐落在一个约有半英里宽的空旷山谷里。世界刚刚形成时，这片山谷很可能是个湖床；那时，鱼儿会在湖水深处游来游去，水草沿着湖边生长，宽广平静的湖面就像是一面镜子，倒映着树木和小山。可后来湖水渐渐退去，人们开始开垦这片土地，在上面盖起了房屋，所以现在这里已经是一块沃土。渐渐干涸的河谷成了一条小溪，蜿蜒地穿过村子，给村里的人们提供水源；除此之外，远古的湖泊再没留下任何痕迹。那里很久之前就已经变成了干燥的土地，橡树拔地而起，高大而茁壮，然后是衰老和死亡，之后被一代代新橡树所代替，这些新长的橡树就像从前一样高大无比。这是一个异常美丽和富饶的山谷，周围丰饶的景色本该让村民们温和而仁慈，彼此友善相待，以表达对老天的感恩之情。

菲利门和博西斯（瓦尔特·克兰，手绘插图。）

可遗憾的是，这片美丽村落的人们，却根本不配住在这片被上天如此眷顾的土地上。他们自私而冷血，对穷苦人丝毫没有怜悯，对流浪者丝毫没有同情。如果有人说，人类应该彼此关爱，否则将无以回报上天对人类的关爱和关怀，他们只会嗤之以鼻。而接下来发生的事则更会令你难以置信，他们竟然把孩子也教育得一样坏。他们看到男孩女孩追赶某个可怜的陌生人，并在他身后叫骂，拿石头砸他，竟然会拍手叫好，鼓励孩子们继续作恶。他们还养了许多又大又凶的狗，每当有流浪者出现在村里的路上，这群讨厌的狗就会跑过去，冲着流浪者龇牙咧嘴、大声吼叫；有时还会咬住流浪者的腿，撕咬他的衣服。如果流浪者来到村里时本就已经衣衫破烂，来不及逃走，那就会变得更加狼狈不堪、惨不忍睹。可以想象得到，这对于可怜的路人来说是一件多么可怕的事，尤其是对于那些老弱病残的流浪者。他们当中熟知这里有坏蛋恶犬横行的人们，会宁愿远远地绕开村子，也不愿再次经过这里。

更糟的是，这些村民看到富人时，却又竭尽所能地显露出恭敬和谄媚。每当富人们乘坐马车，或骑着帅气的大马经过，身边围绕着身着华丽衣裳的仆人随行服侍，他们就会摘下帽子，无比谦卑地弯腰鞠躬。这时如果孩子们表现出不礼貌，就一定会挨他们的耳光。至于那些恶狗，如果胆敢对富人吼叫，这些主人立刻就会用木棒猛打，然后把它们绑起来不给东西吃。说来也不奇怪，这些村民只在乎陌生人口袋里的钱，根本不关心人的灵魂。而人的灵魂，不管是乞丐还是王子，本该都是平等的。

所以现在可以理解，当老菲利门听到村子里又传来孩子们的叫喊声和狗吠声时，为何会说出如此悲伤消极的话了。那些吵闹声很杂乱，并持续了好一会儿，似乎在整个山谷间回荡。

"那些狗从没有叫得这样凶。"善良的菲利门说。

"那些孩子们也从没这么粗鲁过。"善良的博西斯回应道。

两个人就这样坐着，相对无奈地摇摇头。吵闹声似乎越来越近，直到他们看到两个路人正从一个山坡脚下走过来，身后紧紧地跟着一群恶狗，正龇着牙大叫；再往后则是一群孩子，正高声尖叫着使劲朝他们扔石块。他们当中有一个人比较年轻，身材颀长，动作敏捷，还偶尔转过头用手杖驱赶那些恶狗，而那个较为年长、身材高大的同伴则一直静静地向前走着，似乎根本不屑于理会这群凶狠的畜生和恶劣的孩子。

他们衣着简陋，看上去似乎没有钱支付住宿费用。恐怕这才是村民们任由孩子和恶狗如此对待他们的原因。

"老太婆，"菲利门对博西斯说，"我们过去迎一迎这两个可怜的人。他们的心情肯定很糟，只怕没有力气去爬山。"

"你去吧，"博西斯答道，"我先去屋里准备一下，看看能不能给他们做一点晚饭，也许只有面包和牛奶才能让他们的心情好起来。"

于是她赶紧走回了屋里，菲利门则径直走到两个陌生人面前，伸出双手，满脸的热情和友好。其实此时无需语言，两位客人已经感受到了他的热情。不过，菲利门还是大声打起了招呼，语气里透着诚恳：

"欢迎你们，外乡人！欢迎！"

"谢谢！"那个年轻人尽管已经疲惫不堪，刚刚又受到村民们的驱赶，可仍旧欢快地答道，"谢谢你这么热情地欢迎我们，这和我们刚才在村子里受到的待遇可完全不同。请问，你为什么要和这样一群恶人做邻居？"

"噢，"菲利门平静而友善地笑了笑，"是老天把我安置在这里，我想可能就是为了让我来弥补邻居们对你们的无礼吧。"

"说得好，老先生！"年轻人笑着说，"还有，说实话，我和我的同伴，还真是需要你的弥补。那些孩子，那群小混蛋！朝我们扔了许多泥球，把我们的身上弄得很脏，还有一条狗把我原本就很破旧的斗篷也给撕

村里的陌生人（瓦尔特·克兰，手绘插图。）

烂了。不过，我也没吃亏，用手杖朝它的鼻子猛抽了一顿。你们听，即使距离有点远，还是能听到那条狗的哀嚎声吧。"

菲利门看到客人的情绪不是很差，也觉得很欣慰。的确，这位客人的神情，根本就看不出来一丝疲惫和沮丧，虽然他已经走了一整天的路，并且刚刚还曾受到粗暴的对待。他的打扮也有些奇怪，头上戴的东西好像是一顶帽子，帽檐盖住了双耳；虽然这是个夏天的傍晚，但身上却紧紧裹着一个斗篷，可能是想掩盖住里面已经破烂的衣服。菲利门还发现，他穿的鞋子也很怪异；可天色越来越暗，老菲利门的眼神也不是很好，也说不清那双鞋到底哪里奇怪。不过有一件事还是显然很怪的，就是这位客人走起路来又灵活又敏捷，双脚好像会自动从地上浮起来，或者说，他的双脚好像特别不容易踩在地上。

"我年轻时腿脚也很轻便，"菲利门说，"可现在一到傍晚，我就觉得步子越来越重。"

"最能帮人走路的就是一支好手杖，"客人答道，"看，我这支就不错。"

说实话，那是菲利门见过的最奇怪的手杖；由橄榄木制成，顶端好像有一双小小的翅膀，杖身雕刻着两条互相缠绕的蛇，雕刻技巧十分精湛，本来就有点老眼昏花的菲利门差点以为那两条蛇是活的，真以为它们正在那里扭动盘绕。

"这东西真是稀奇！"他说，"一支带翅膀的手杖。给男孩当马骑真是再好不过了。"

此时菲利门和两位客人已经走到了小屋门口。

"朋友们，"老人说，"在这条长椅上坐下休息一下吧，我的老太婆博西斯已经在给你们准备晚饭了。我们都是穷人，不过只要碗柜里有吃的，你们就随便吃，别客气。"

那个年轻客人随意躺在了长椅上，一松手，手杖便落在了地上。可神奇的是，手杖落地后似乎又直直地从地上立了起来，然后展开翅膀，又蹦又跳地飞了一圈，最后斜靠在了小屋的外墙上；它就这样静静地立在那里，只有那两条蛇还在继续扭动着。不过，要我说，这都是小事，没准又是老菲利门老眼昏花看错了。

还没来得及问什么，那位年长的客人忽然开口说话了，把菲利门的注意力从神奇的手杖上拉了过去。

"很久以前，那个村子所在的地方不是有一个湖吗？"客人的嗓音低沉而浑厚。

"从我记事起就没有了，朋友，"菲利门答道，"你们也看见了，我也老了，可我记忆中，那里就一直是田野和草地，和现在一样，还有古老的参天大树和潺潺流过山谷的小溪。据我所知，我父亲，还有我父亲的父亲，都没看到过其他景色。当我这个老菲利门死去并被人遗忘之后，那里肯定也还会是现在这个样子。"

"那可不一定，"陌生人说道，低沉的嗓音里带着几分严厉。他摇了摇头，浓密的深色卷发也跟着一起摆了摆，"既然那个村子里的人已经完全忘记了人性中的友爱和同情，还不如让那片湖水再次漫过他们栖身的土地。"

客人看上去非常严厉，菲利门甚至有点害怕。每当客人一皱眉，天空的暮色似乎就突然变得更暗；而客人摇一摇头，天空又滚过一阵雷声。菲利门更觉得害怕了。

不过，这个陌生人的脸色很快就变得温和起来，菲利门于是也把刚刚的恐惧抛在了脑后。不过他还是忍不住在想，这位年长的客人绝不是一般人，虽然现在看起来衣着寒酸，而且还是徒步跋涉。菲利门倒没觉得他是一个乔装打扮的君王，而是觉得他应该是某位超凡的智者：衣衫褴褛，在

世间行走，对财富和所有俗物不屑一顾，四处云游只为增长智慧。菲利门对这个猜想越来越笃定，因为他才一抬眼，就在陌生人的脸上看到了一种似乎极为复杂的思想，那是自己一辈子都琢磨不透的。

博西斯还在准备晚餐，两位客人便开始和菲利门愉快地闲聊。年轻人的确很爱说话，而且经常妙语连珠，把老人逗得哈哈大笑，直说他真是个少见的家伙，这么会逗人快活。

"请问，年轻的朋友，"三个人很快熟络了起来，"我该怎么称呼你呢？"

"噢，你没看出来吗？我很聪明伶俐，"年轻人答道，"所以，我觉得'水银'这个名字很适合我。"

"水银？水银？"菲利门一边重复，一边看着客人的脸，想要知道他是不是在和自己开玩笑，"真是个奇怪的名字！那这位坐在你身边的同伴呢？他的名字是不是也这么奇怪？"

"他的名字可得让雷声来告诉你！"水银神秘地说，"其他声音都还不够资格。"

如果不是自己刚好盯着那位年长的陌生人，并在他脸上看到了满是和善和慈爱，水银这句不知道是不是玩笑的话，本该会让菲利门对他充满敬畏。毫无疑问，在所有曾经潦倒地停在小屋门边的客人当中，他是最了不起的人物，只要一说话，就显得那么庄严诚恳，菲利门无法抗拒地想把心里的秘密全都告诉给他。每当人们遇到这样的智者，一位能够理解所有善恶而又丝毫不会鄙视别人的智者，都会产生这种感觉。

可菲利门是一位淳朴善良的老人，他并没有太多的秘密可讲。最后只是絮叨了许多自己过去的日子，他一生都不曾离家太远，最远也不过二十英里地，他和妻子博西斯从年轻时起就一直住在这间小屋，靠自己的诚实劳动养家糊口，日子一直很清贫，但他们很满足。他还说起了博西斯做的

世界名画 《宙斯和墨丘利在菲利门与博西斯的小屋》（*Jupiter and Mercury in the House of Philemon and Baucis*），铜版油画，德国著名画家亚当·埃尔斯海默（Adam Elsheimer，1578—1610）于1608年创作，16.9×22.4cm。

奶油和奶酪有多美味，自己种在园子里的蔬菜有多好。他还说两个人非常相爱，都盼望不要让死亡把彼此分开。菲利门还祈求两个人能一起死去，永不分离。

陌生人听到这里，脸上露出了一丝微笑，那笑容既威严又可亲。

"真是个善良的老人，"他说，"还有一个能相濡以沫的好妻子。你们的愿望理应被实现。"

听到这句话，菲利门仿佛看到西方天边的晚霞中闪了一道光，瞬间照亮整个天空。

这时博西斯已经做好了晚饭。她走到门前，为只能用粗茶淡饭招待客人而感到抱歉。

"要是早知道你们会来，"她说，"我和老头子就宁可什么都不吃，也要给你们准备一顿好的。可我把今天的大部分牛奶都用来做奶酪了，最后一条面包也被吃了一半。唉！我一向觉得贫穷没什么，也只有当可怜的路人来敲门时，才会感到贫穷的悲凉。"

"这已经很好了，夫人，请不要有任何困扰，"年长的客人和蔼地说，"能诚恳而热情地欢迎客人，就能够创造奇迹，把粗茶淡饭变成琼浆佳肴。"

"你们理应受到欢迎，"博西斯大声说，"还好我们剩下了一点蜂蜜和一串紫葡萄，你们可以尝尝。"

"噢，博西斯夫人，那可真是一顿盛宴！"水银大笑着，"货真价实的盛宴！你会看到我将毫不客气，放开肚皮，大吃一顿！我还从没感觉像今天这么饿。"

"老天！"博西斯小声对丈夫说，"这个年轻人胃口这么好，真怕我准备的饭菜根本不够。"

接着，四个人走进了小屋。

现在，小听众们，让我来讲一件会让你们目瞪口呆的事吧，这可是整个故事中最怪的事。你们还记得吗？刚才水银的手杖自己靠在了小屋的外墙上。看，当他的主人走进小屋时，这支神奇的手杖居然也张开小小的翅膀，蹦跳地上了台阶！"嗒、嗒、嗒"地不停地在厨房地面上踩着步点，最后毕恭毕敬地立在了水银的椅子旁。只是老菲利门和妻子正忙着招呼客人，根本没有注意到那根手杖。

博西斯说的没错，对于两个饥肠辘辘的客人来说，晚饭的确少了点。桌子中央摆着剩下的黑面包，一边是一块奶酪，另一边是一碟蜂蜜，葡萄倒是不少，两个客人可以每人吃上一大串；桌子一角放着一个不大的陶罐，里面几乎都是牛奶。博西斯盛满两碗牛奶后，罐子就隐隐地见了底，博西斯把两碗牛奶摆在了客人面前。唉！当一个热情好客的主人，因贫困而不能如愿地慷慨待客时，那该是一件多么悲伤的事！可怜的博西斯一直在想，如果能给眼前饥饿的客人们提供一顿更丰盛的晚餐，她情愿饿上整整一周。

眼前的晚餐这么少，她多希望客人们的胃口也能小一点。唉，可他们刚坐下，就把各自眼前的牛奶喝得干干净净。

"再来点，博西斯夫人，如果您愿意，"水银说，"今天天气很热，我快渴死了。"

"噢，亲爱的客人们，"博西斯有些尴尬，"说起来惭愧，真的很抱歉。可是，说实话，罐子里面已经没有什么牛奶了。老头子！老头子！我们要是没吃晚饭该多好！"

"啊，我觉得，"水银站起身把罐子拿了起来，大声说，"我觉得，也没您说的那么糟吧，罐子里明明还有很多牛奶。"

他边说边开始倒牛奶。令博西斯吃惊的是，他不仅盛满了自己的碗，然后又倒满了同伴的碗。这个老太婆几乎不敢相信自己的眼睛，她明明记

受到款待的陌生人（瓦尔特·克兰，手绘插图。）

得刚刚已经几乎倒完了所有的牛奶，把罐子放回桌上时自己还往里面看了看，都已经见底了。

"可能是我老了，"博西暗暗想着，"总是爱忘事，我一定是弄错了。不管怎么说，刚刚又倒出两大碗牛奶，现在罐子一定是空了。"

水银一口气喝完第二碗，接着又说："这牛奶真是好喝！请原谅，亲爱的夫人，我还想再喝点。"

这回博西斯看得清清楚楚，水银刚才已经把罐子倒得底朝天，连最后一滴牛奶都被倒进了碗里，罐子里自然不可能再有牛奶。虽然她知道罐子里什么都没有了，可为了让水银相信自己，她还是举起罐子，做出往碗里倒牛奶的样子。谁知牛奶竟像瀑布一样冒着泡地流向了碗里，很快就没过了碗边，溢到了桌子上！可以想象，此时的博西斯是多么的惊讶！

水银手杖上的两条蛇此时也伸出了头，开始舔食溢在桌上的牛奶，可博西斯和菲利门都没有注意到这个场面。

此时的牛奶闻起来是那么浓郁香醇！似乎菲利门那头唯一的奶牛，那天吃到了世界上最鲜美的青草！亲爱的孩子们，我只希望，你们每个人都能在晚餐时喝到这么香甜的牛奶！

"请给我来片黑面包吧，博西斯夫人，"水银说，"另外再来点蜂蜜！"

于是博西斯切了一片面包给他。尽管那条面包早就已经变得又干又硬，而且一点也不好吃，可现在面包却又松又软，就像是刚从烤炉里拿出来，才放上几个小时一样。她捡起桌上的一粒面包屑尝了尝，觉得比以前吃过的面包都要好吃，简直不敢相信这就是自己亲手烤的。可是，不是自己烤的，又是哪来的呢？

可那瓶蜂蜜，简直是无法言喻！蜂蜜看上去是那么诱人，闻起来是那么香甜，颜色是最纯净透明的金色，气味浓郁得如同聚集了一千朵花的芳

香，那不是尘世花园中的花朵，而是要飞上高高的云端之上才能找到的花朵；可奇怪的是，这些蜜蜂飞到长满芬芳花朵的天国花园之后，居然还愿意回到菲利门花园里的巢穴中。这是世人从未见过、从未闻过并且从未品尝过的蜂蜜，那芳香在厨房里萦绕，让置身其中的人感到无比愉快；只要闭上眼睛，就会立刻忘记这里低矮的天花板和熏黑的墙壁，会以为自己正坐在一座凉亭里，亭边爬满了仙境中才会有的金银花。

虽然博西斯是个淳朴的老太婆，可她也不禁会觉得刚刚的这些事有些不同寻常。于是，她将面包和蜂蜜递给客人，并在每个人的盘子里放了一串葡萄，之后便在菲利门身边坐下，轻声地告诉了他刚才发生的怪事。

"你听说过这种事吗？"她问道。

"没有，从来没听说过，"菲利门笑了笑，"亲爱的老太婆，我觉得你刚刚一定是在做梦。如果让我来倒牛奶，马上就能弄清是怎么一回事；只不过是罐里的牛奶正好比你想象的多一点而已。"

"噢，老头子，"博西斯说，"随你怎么说，反正这两个人绝对不寻常。"

"好吧，好吧，"菲利门还在笑着，"他们可能的确不寻常，显然，他们看起来肯定见过世面。我很高兴他们对这顿晚饭很满意。"

此时两个客人都正拿起盘里的葡萄。博西斯揉了揉眼睛，发现葡萄串上的葡萄似乎变多了，而且每颗葡萄看上去都那么鲜艳欲滴、甜美多汁。她觉得这完全是个奇迹，小屋外墙上攀爬的那根老葡萄藤，又矮又小又枯，怎么能结出这样的果实来。

"这葡萄真不错！"水银一边说，一边吞下一颗颗葡萄粒，可葡萄却并不见少，"请问，亲爱的主人，您是在哪里摘的葡萄？"

"自家的葡萄藤，"菲利门回答，"你看，窗户那边正绕着一根葡萄枝，就在那儿。可我和老太婆并没觉得这葡萄有多么好。"

"我从没吃过这么好的葡萄，"客人说，"如果您愿意，再给我来杯鲜美的牛奶吧，那样我就会觉得，王子的晚餐也不会比我的好。"

这一次，老菲利门自己拿起了罐子，因为他很好奇，想要知道博西斯刚才说的那个奇迹是不是真的。他知道自己的妻子不可能说谎，而且她认为对的东西就很少有错。可这件事太古怪了，他自己也很想弄清楚。于是，他一边拿起罐子，一边偷偷瞄了一眼里面，高兴地看到已经一滴牛奶都没有了。可忽然，他看到一股白色的泉水从罐底喷涌了出来，瞬间就填满了罐子，那乳白色的牛奶还在泛着泡沫，发出香甜的气味。还好，大吃一惊的菲利门没有失手把这个神奇的罐子摔在地上。

"你们究竟是谁？是你们创造了奇迹！"他不禁失声喊道，比妻子还要吃惊。

"我们是你的客人，亲爱的菲利门，也是你的朋友，"那个年长的客人答道，声音温和而低沉，听上去令人肃然起敬，"请给我也倒上一碗这样的牛奶。愿你们的罐子永不枯竭，为了疲惫困窘的路人，更为了善良的博西斯和菲利门！"

晚饭后，客人们请求主人带他们去休息。两个老人很想多跟他们聊一会儿，想告诉他们，自己看到粗茶淡饭变成丰盛晚宴时，感觉是多么神奇和高兴。可那位年长的客人看上去有些严肃，他们不敢提出这样的要求。于是菲利门把水银拉到一边，问他世界上怎么会有这样的事，一个普通的陶罐里居然会涌出源源不断的牛奶。于是水银指了指自己的手杖。

"它就是整件事的奇妙之处，"水银说，"如果你能弄明白，并且还能告诉我是怎么回事，那我可要谢谢你。我自己也搞不懂这支手杖是怎么回事，它总是爱搞这种小把戏，有时也会给我弄来一顿晚餐，可又常常把这顿晚餐偷走。如果说我也相信远古那些不合常理的事的话，那只能说，这根棍子是被施了魔法。"

　　水银没再往下说，只是狡黠地盯着他们的脸，菲利门和博西斯觉得他像是在取笑他们。接着，水银走出房间，那根有魔力的手杖就蹦着跟在后面。现在只剩下他们两个了，这对善良的老夫妇忍不住又说了一会儿晚上的事，然后便躺在地上，很快进入了梦乡。他们已经把自己的卧室让给了客人们，家里也没有多余的床，他们只能睡在地板上。真希望那些地板也能像他们的心肠一样柔软。

　　老人和妻子很早就起来了，太阳升起后，客人们也起了床，准备离开。菲利门热情地挽留他们再多留一会儿，好让博西斯给他们挤牛奶，火炉上正烤着一块蛋糕，或许还能给他们找来几个鲜蛋，做一顿早餐。可客人们觉得，最好能在烈日当空之前赶路，所以坚持马上就出发。不过，他们特意邀请菲利门和博西斯跟他们走上一段，好给他们指指路。

　　于是四个人从小屋里走出来，谈笑风生，就像是老朋友一样。这对老夫妇已经在不知不觉中和那位年长的客人变得亲密起来，这种感觉很奇妙：他们的善良淳朴和客人的温和友善融合在一起，就像是融入到无边无际大海中的两滴水。至于水银，他还是那样开朗活泼，似乎总是能在两个老人反应过来之前，先捕捉到他们最细微的想法。他们有时真的希望，水银别这么聪明伶俐，最好还能把他的手杖扔掉，那两条蛇一直在盘绕扭动，看上去神神秘秘，怪吓人的。可水银总是那么和气，于是他们真希望能永远把他留在自己的小屋里，从早到晚和他待在一起，就算他一直带着手杖和两条蛇，以及所有各种古怪的东西。

　　"唉！"走了一小段路之后，菲利门忽然叹了口气，"要是邻居们也懂得热情帮助陌生人会是一件非常幸福的事，那该多好！他们会把所有的狗都拴好，也绝不允许自己的孩子向陌生人扔石头。"

　　"简直是一种罪过，"善良的博西斯气愤地说，"我今天就过去告诉他们，这样做是不对的！"

"恐怕，"水银狡黠地笑了笑，"你会发现，他们都不在家了。"

年长的客人此时露出庄重而严厉的神色，令人敬畏，却又宁静安详。看到他的样子，无论是菲利门，还是博西斯，都不敢再说一个字。他们仰望着他的脸，就像是在仰视苍天。

"如果人类不能对最卑微的陌生人亲如兄弟，"年长的客人说道，那声音就像是管风琴一样低沉，"那么他们就不配活在世界上，因为世界本就是为了人类彼此之间的情谊而创造的！"

"顺便问一下，亲爱的老伙计，"水银的眼里闪烁着调皮的喜悦，"你们说的那个村子在哪里？在哪一边？我看，这附近可没什么村子。"

菲利门和妻子这才转过头向山谷看去。就在昨天傍晚，他们还能在这里看到草地、房屋、花园、树丛，以及宽阔的大道，孩子们在嬉戏，人们在工作和游玩，到处一派生机勃勃的景象。可现在，这里连村子的影子都没有！就连村子所在的肥沃谷地也消失了。眼前的景象让他们大为震惊。他们在谷地那里看到了广阔的蓝色湖面，湖水灌满整个山谷，四周的群山倒映在湖水的怀抱之中，一切是那样安详宁静，仿佛自创世以来一直都是如此。而此时此刻，湖水依然风平浪静，没有一丝涟漪；忽然吹过一丝微风，湖水便开始跳舞、闪烁，在晨曦中闪闪发光，然后又呢喃着冲向岸边。

这片湖水是那样熟悉，老夫妇有些迷茫，似乎在梦中见过湖水下曾有一个村庄。可他们立刻又想起了消失的房屋，还有村民们的脸孔和品行，这一切都太过清晰，绝不是梦中所见。昨天村子还在这里，可现在竟消失得无影无踪！

"噢！"两位好心的老人大喊道，"那些可怜的邻居们呢？"

"他们再也成为不了男人和女人，"年长的客人说道，声音洪亮而低沉，远处似乎响起了一阵雷声，正与他的话遥相呼应，"他们的生命无用

世界名画 《宙斯引发大洪水》（*Stormy Landscape with Philemon and Baucis*），油画，17世纪佛兰德斯画家、早期巴洛克艺术杰出代表彼得·保罗·鲁本斯（Peter Paul Rubens，1577—1640）于1625年创作，146×208.5cm。

而丑陋，因为他们不肯关爱同胞、行善积德，也无法使凡人艰辛的命运变得温柔甜美；他们的胸中不曾保留对昔日美好生活的印象。所以，远古的湖水又重新开始漫延，倒映出天空的轮廓！"

"而这些愚蠢的人们，"水银调皮地笑着，"都已经变成了鱼。其实也没怎么变，他们早就是一群身披鱼鳞、铁石心肠的坏蛋，是世界上最冷血的生物。所以，博西斯夫人，要是什么时候想吃上一盘烤鳟鱼，就投一根钓线进湖里，然后拉出几个老邻居就行了。"

"变成了鱼？"博西斯不禁打了个寒颤，"我绝不会这样做，无论如何都不会，要把他们放在烤架上吗？"

"不，"菲利门做了个鬼脸，"我们可不喜欢他们的味道！"

"至于你，善良的菲利门，"年长的客人接着说，"还有你，仁慈的博西斯，你们如此贫寒，却能在招待无家可归之人时倾尽所有。你们诚挚的热情带来了取之不尽的牛奶，将黑面包和蜂蜜变成了美味佳肴。让天神在你们的桌边尽情享用，就像在享受奥林匹斯山上的盛宴美食。你们做得很好，亲爱的老朋友们。所以，你们有什么心愿吗？尽管说吧，我一定会满足你们。"

菲利门和博西斯面面相觑。然后，两个人的内心同时迸发出一个共同的心愿。

"我们愿生时永远相依，死时一同离去！因为我们一直相爱！"

"如你们所愿！"陌生人庄严而又和蔼地说道，"现在，请看看你们的小屋！"

他们此时看到的是一座白色大理石砌成的高大神庙，大门正大敞四开，就屹立在之前简陋小屋所在的位置。他们简直不敢相信自己的眼睛！

"这就是你们的家，"陌生人慈爱地微笑着，"请在你们的宫殿里尽情款待所有客人，就像昨晚在那间茅舍里热情款待我们一样。"

两个老人双膝跪地，表示感谢。可是，看！他和水银瞬间就不见了。

于是菲利门和博西斯住进了大理石神庙，以帮助来往的路人为乐。我必须要说的是，那个罐子一直保持着神力，只要想把它灌满，它就永远不会变空。每当有诚实快乐、无忧无虑的客人喝下罐中的牛奶，就总会觉得那是他喝过的最香甜、最解乏的牛奶。不过，如果是一个粗鲁乖戾的家伙，他的脸就会变得狰狞扭曲，并且还会高喊：这明明就是一罐发酸的牛奶！

就这样，老夫妇在这座神庙里住了很久很久，一直老得不能再老。一个夏天的清晨，菲利门和博西斯没有像往常那样，带着热情的微笑出来邀请投宿的客人吃早餐。客人们于是到处寻找他们，把宽敞的神庙翻了个底朝天，可毫无结果。迷惑了好一阵子之后，他们这才发现，神庙门口竟多出了两棵大树！没人记得以前这里曾有过这两棵树，但它们就站在那里，树根深深地扎在土壤中，巨大的树荫遮住了整个神庙的正身。那是一棵橡树，另一棵是菩提树；两棵树的枝条紧紧缠绕相拥，彼此像是长在了对方的怀抱里，真是一幅奇特而美丽的画面！

客人们不禁惊叹，这两棵树是如此高大庄严，至少需要一百年才能长成，怎么会在一夜之间拔地而起？此时，一阵微风吹过，彼此缠绕的树枝摇动了起来，空中传来一片沙沙声，低沉而深远，像是这两棵神奇的大树正在说话。

"我是老菲利门！"橡树轻声地说。

"我是老博西斯！"菩提树柔声应道。

风越来越大，两棵树一齐喊出了声："菲利门！博西斯！博西斯！菲利门！"仿佛他们本就是一体，心心相印。显然，善良的老夫妇变成大树之后，又重新焕发了青春，生机勃勃。他们准备就这样平静幸福地共度百年；菲利门橡树，博西斯菩提树。啊！看他们是多么的友善！为路人投下

一片绿荫！每当有人在树荫下停留，就会听到头顶上的树叶在摩挲作响，那声音是那么令人愉悦，那声音听起来就像是在说：

"欢迎你，欢迎你，亲爱的客人，欢迎你！"

有一个心地善良的人，在了解了老夫妇的心意之后，在两棵树的周围建起了一个环形长椅。以后的很长时间里，路人们只要感到疲惫、饥饿或口渴，都会到那里休息，尽情地饮用神奇的罐子里源源不断的牛奶。

真希望，此时此刻，这里也能有一个神奇的罐子！

·THE·HILL-SIDE·AFTER·THE·STORY·

神奇的罐子

山坡上

尾 声

“**那**个罐子到底能装多少牛奶？”香蕨木发问了。

　　“不到一升，”尤斯塔斯答道，“不过只要愿意，可以一直从里面倒出牛奶，直到灌满一大桶。其实，牛奶还可以一直不停地流，就算是在盛夏也不会枯竭，这要比那条沿山坡潺潺流下的小溪强多了。”

　　“那个罐子现在怎么样了？”小男孩继续发问。

　　“很遗憾地告诉你，大约在两万五千年以前，它被打破了。”尤斯塔斯说，“人们一直在尽量修补它，尽管还能装很多牛奶，可再也没听说它能自动填满。所以，你知道，现在它和任何一个裂开的陶罐一样普通了。”

"真可惜！"孩子们齐声喊道。

还记得那只名叫"本"的老犬吗？它此时也一直跟在队伍的后面，同行的还有一只半大的纽芬兰犬，名叫布鲁恩①，因为毛色就跟黑熊一样黑。本的年龄比较大，而且向来十分谨慎，尤斯塔斯于是礼貌地邀请它跟在四个最小的孩子后面，防止他们调皮捣蛋闹出麻烦。至于黑黢黢的布鲁恩，连它自己都只是个孩子；尤斯塔斯于是决定把它带在身边，以防它和孩子们闹过了头，把孩子们绊倒，如果再滚下山坡或是跌下山去，那可就麻烦了。最后，尤斯塔斯让流星花、香蕨木、蒲公英和南瓜花不要动，就在原地乖乖坐好，自己则和樱草花以及其他大一点的孩子开始爬山，很快便消失在了树丛中。

---

① Bruin，英语中也有"熊"的意思。——译者注

喀迈拉

秃顶峰

引 言

尤斯塔斯正和孩子们沿着险峻陡峭、林木丛生的山坡向上走。林中的树叶还不算浓密，不过长出的嫩叶已经可以洒下一片稀疏的绿荫。阳光照耀着树林，到处都是绿莹莹的，好看极了。林间长着苔藓的石头半掩在凋零的枯叶中间；腐烂的树干静静地躺在很久以前曾经倒下的地方；衰败的枝条被风刮落，四处散落在地上。可是，尽管这些看上去有些腐朽不堪，但整个树林却生机盎然：无论看向哪边，冒出的点点新绿还是十分明显，都在等待着夏天的到来。

一群人最后来到了树林的尽头，发现此时已经几乎抵达山顶。这个山顶既不是尖尖的，也不是圆圆的，而是一块开阔的平地，或者可以叫作"台地"。远处是一座房舍和一个谷仓，房子是单门独户，显得荒凉而孤寂。这里其实还可以说是白云的"家"，云朵时而化作雨滴，时而生出暴风雪，都悉数落进了山谷。

山顶上有一丛石堆，石堆中央插着一个高高的竿子，上面飘着一面小旗。尤斯塔斯和孩子们来到这里，放眼远眺，想看一看他们居住的这个美丽的世界。孩子们看着，看着，眼睛不由得越睁越大。

南边的纪念碑山仍然是风景的中心，但此时看上去似乎有些凹陷，变成了群山家族中最不起眼的一个。更远处的塔克尼克山脉看上去则比往日更加高大宏伟，还有那片美丽的小湖，就连每个小水湾都能看得一清二楚。除此之外，还有几个湖泊在阳光下泛着幽蓝的光，像是一只只睁大的明眸。远方散落着几个白色的村庄，每个村庄教堂钟楼的尖顶都清晰可见；到处都是农舍，每间农舍又有属于它的林地、牧场、草地和耕田。孩子们的脑子里几乎塞不下这么纷繁多样的景物，还有丛林别墅，以前他们一直以为那里简直就是世界上最重要的高峰之一，可从这里看过去，它却变得如此渺小。孩子们的目光要么超过了它，要么落在了它的旁边，总之，所有人都是找了许久才能找到别墅的位置。

雪白轻盈的云朵悬在空中，地上处处都是它们的影子。但不管影子投到哪里，阳光总会紧随而至，将其驱散，于是那影子又只好转投别处。

远远的西边是绵延的青山，尤斯塔斯告诉孩子们，那就是卡兹奇山脉。他还告诉他们，在那些雾气缭绕的山间，曾有许多老荷兰的移民在那里不知疲倦地玩九柱游戏，其中一个名叫"瑞普·凡·温克尔"[1]的懒家伙还在那里睡着了，一睡就是二十年。孩子们热切地恳求尤斯塔斯能给他们讲讲那个神奇的故事，可尤斯塔斯却说，已经有人讲过这个故事了，而且讲得很好，没有人可以超越它，也没有人可以更改一个字，直到它变得

---

[1] 美国作家华盛顿·欧文创作的著名短篇小说《瑞普·凡·温克尔》中的主人公，小说由三篇谈鬼说怪的故事组成。——译者注

也像《戈耳工的头》和《三个金苹果》以及其他神话传说一样古老。

"至少，"长春花说道，"趁我们在这里休息看风景时，再给我们讲个你自己编的故事吧。"

"是啊，尤斯塔斯表哥，"樱草花说道，"我建议你还是在这里讲个故事，最好是那种虚幻的话题，看看你的想象力够不够丰富。可能这一次，山间的空气能让你文采飞扬，诗兴大发。我们现在就置身于云朵里，再奇怪的故事我们也都会相信。"

"你信不信，"尤斯塔斯问道，"世界上曾有一匹长着翅膀的飞马？"

"我信，"俏皮的樱草花答道，"不过我担心你永远都抓不到它！"

"说起这个，樱草花，"尤斯塔斯反驳道，"我或许能抓住珀伽索斯，然后爬到他的背上，其实很多人都能做到这一点。不管怎么说，这里有一个关于飞马的故事；世界上再没有其他地方会比这个山顶更适合讲这个故事了。"

于是，孩子们围坐在石堆旁，尤斯塔斯坐在中央的石堆上，旁边正飘过一朵白云。接下来，尤斯塔斯开始讲述他的故事。

（*注：此处提及的众神及英雄和神兽等角色，其角色关系均出自于传统经典古希腊神话故事，其故事情节与霍桑在本书中的改写有所不同。）

喀迈拉（Chimera）：古希腊神话中的怪兽，会喷火，是众妖之祖堤丰（Typhon）和蛇怪厄客德娜（Echinda）所生。

柏勒洛丰（Bellerophon）：古希腊神话中的大英雄，科林斯国王格劳科斯（Glaucus）的儿子，俊美勇武，在神的帮助下驯服飞马珀伽索斯（Pegasus），射死怪兽喀迈拉（Chimera），并先后完成许多其他丰功伟绩。

皮瑞涅泪泉（Fountain of Pirene）：皮瑞涅，古希腊神话中河神阿索波斯（Asopus）的女儿，和海神波塞冬（Poseidon）私通生下两个孩子。不幸的是两个孩子都不得善终，早年夭折。皮瑞涅悲伤至极，眼泪止不住一直往下流，整个变成了泪人，最后身体终于被泪水融化，变成了一汪泉水，得名"皮瑞涅泪泉"。

珀伽索斯（Pegasus）：飞马，古希腊神话中最著名的奇幻生物之一，是美杜莎和海神波塞冬所生，母亲美杜莎被珀尔修斯割下头颅时，飞马和兄弟巨人克律萨俄耳（Chrysaor）一起出生。后来被柏勒洛丰（Bellerophon）驯服，允许柏勒洛丰骑着自己和怪兽喀迈拉（Chimera）战斗。

狄安娜（Diana）：古罗马神话中的月亮与狩猎女神，与古希腊神话中的阿尔忒弥斯（Artemis）等同，不仅是树木和野兽的保护神，而且还是人工培育的植物和家畜的保护神。在林莽和山野间，狄安娜手持弓箭，由众犬伴随，与众多女侍从一起以狩猎为戏。

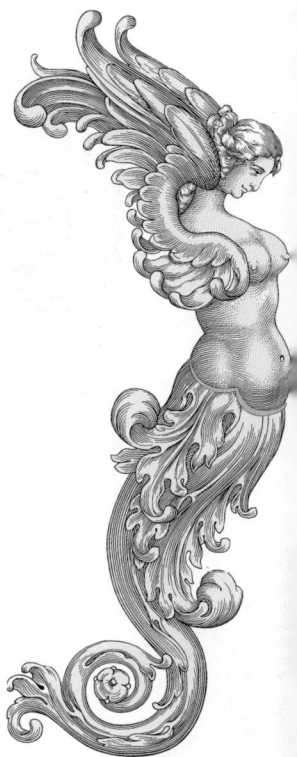

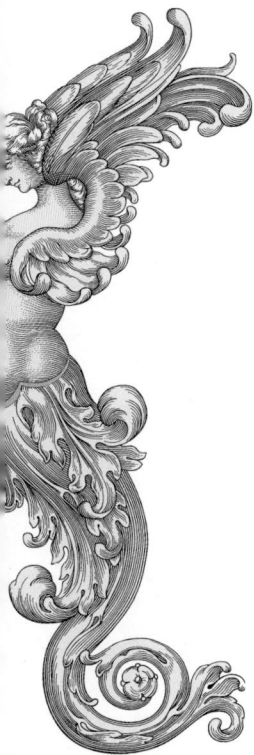

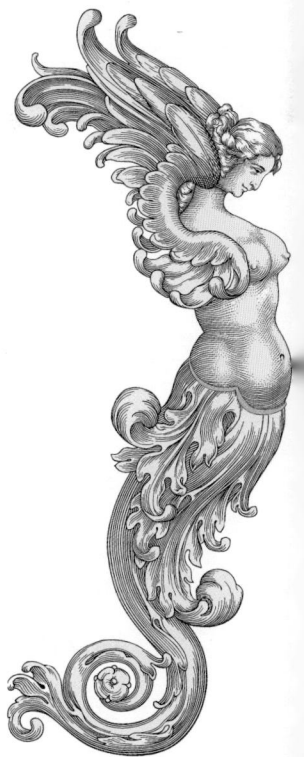

喀迈拉

很久很久以前（其实所有的怪事，都发生在没人能记得的很久以前），在神奇的古希腊，曾有一股泉水从山坡上喷涌而出。据我所知，这股泉水至今还在同样的位置上汩汩地流着。不管怎样，这股宜人的清泉一直在向外涌，晶莹发亮的泉水顺着山坡缓缓流下。这一天，在夕阳的金色光辉中，一个名叫柏勒洛丰的英俊少年来到泉水边，手里拿着马辔头，上面缀满了闪亮的宝石，还装饰着一个黄金做的马嚼子。他在泉边看到了一个老人、一个中年人和一个男孩，还有一个少女正用水罐舀着泉水，于是便停下脚步，请求他们能让自己喝上一口水。

"这水真甜，"喝完后他将水罐冲洗干净，又重新把罐子灌满，然后说道，"请问，这泉水有名字吗？"

"有，它叫'皮瑞涅泪泉'"那个少女答道，"我的祖母告诉我，这眼清泉曾和一个美丽的妇人有关，她的儿子被女猎手狄安娜的箭射死，她便终日以泪洗面，最后化为泉水。眼前这清凉甘洌的泉水，其实是一位可

怜的母亲心中的哀痛所化成的。"

"实在想象不出，"年轻人说道，"这汩汩涌出的清澈泉水，正欢快地流过阴影，闪耀在阳光下，其中怎么会有泪水？哪怕是一滴。它叫什么？皮瑞涅泪泉？好吧，谢谢你，美丽的女孩，谢谢你告诉我它的名字。我从遥远的地方来，就是为了寻找它。"

这时，那个中年农夫正赶着自己的奶牛来泉边饮水，他紧紧地盯着柏勒洛丰和他手里的漂亮辔头。

"朋友，如果你从遥远的地方来到这里，就是为了寻找皮瑞涅泪泉，"他说，"说明你们那里的水源肯定是快要枯竭了。不过，请问，你是不是丢了一匹马？我看到你手里拿着的一个马辔头，上面还镶着两排宝石，真是太漂亮了。如果那匹马也像这副辔头这么好，那把他弄丢还真是怪可惜的。"

"不，"柏勒洛丰微笑着答道，"我只是碰巧在寻找一匹非常有名气的马。智者曾经告诉我，一定能在这附近找到这匹马。请问，你是否知道带着翅膀的飞马珀伽索斯？它是不是经常在皮瑞涅泪泉附近出没？很久以前你们祖辈生活在这里时似乎就是这样。"

农夫只是笑了笑。

小朋友们，你们听说过吗？珀伽索斯是一匹雪白的骏马，身上长着美丽的银色翅膀，大多数时候居住在赫利孔山①的顶峰。他在天空中飞翔时，就像冲上云霄的老鹰一样狂野、敏捷、轻盈。它是这世上独一无二的飞马，既没有同伴，也从来没有主人，因为它不允许任何人骑上它的背，为它系上缰绳。许多年来，它就这样独自生活，自由而快乐。

啊！做一匹飞马是多么幸福！晚上，珀伽索斯就睡在山巅，白天大部

---

① Mount Helicon，希腊神话中，赫利孔山是光明之神阿波罗和文艺女神缪斯的圣山，此地有两汪供奉缪斯的清泉：阿伽尼珀泉和希波克林泉。——译者注

柏勒洛丰在泉边（瓦尔特·克兰，手绘插图。）

世界名画 《柏勒洛丰与飞马》（*Bellerophon and Pegasus*），油画，俄国著名油画家亚历山大·安德烈耶维奇·伊万诺夫（Alexander Andreyevich Ivanov，1806—1858）于1829年创作。

"是的，"男孩答得十分痛快，"我昨天就见过它，之前也见过很多次。"

"真是个好孩子！"柏勒洛丰说着把男孩拉到自己身边，"好吧，给我讲讲。"

"嗯，"男孩说，"我经常到这里来放我的小船，或者在水底找漂亮的石头。有时我还会往水里看，看到那匹飞马的影子就映在泉水里。我真希望它能飞下来，把我驮在背上，让我骑着它，一直骑到月亮上去！可只要我稍微动一下，它就立刻飞得无影无踪了。"

柏勒洛丰相信男孩的话，相信曾有人在水中看见珀伽索斯的倒影；也相信那位少女的话，相信曾有人听见珀伽索斯悦耳的嘶鸣。但他不相信那位中年农夫的话，因为农夫只知道拉车的马；也不相信那位老人的话，因为老人已经忘记了自己年轻时曾经见过的美好事物。

于是，此后的许多天里，他经常去皮瑞涅泪泉边徘徊。他一直守候在那里，时不时地抬头仰望天空，或是低头俯视泉水，希望能看到飞马的影子，或是那不可思议的真身；他手里一直拿着那个镶满宝石的马辔头。住在附近的人都有些粗鲁，他们到泉水边饮牛时，常常会嘲笑可怜的柏勒洛丰，有时还会责骂他，说像他这样一个身强体壮的年轻人，不该整天游手好闲，只干这种无聊的事。他们还说，如果他需要的话，可以卖一匹马给他。可当柏勒洛丰拒绝后，他们又试图和他讨价还价，想买走他手上的辔头。

就连小孩子也觉得他是个傻瓜，经常作弄他。他们很没有礼貌，根本不在乎被柏勒洛丰发现自己做的坏事。有一次，一个小坏蛋装扮成珀伽索斯，怪模怪样地模仿马跳的样子，好像是在飞，而另一个男孩则跟在他后面疯跑，手里抓着一束芦苇，装作是柏勒洛丰那个华丽的马辔头。但那个曾在水中见过珀伽索斯倒影的男孩却一直很温柔，也给了年轻人很多安

慰，让他忘记了那些淘气男孩的作弄。这个可爱的小家伙总会静静地坐在柏勒洛丰身旁，一句话也不说，只是不时低头看看泉水，或是抬头看看天空。他心里的信念如此纯真，不禁让柏勒洛丰深受鼓舞。

现在，你或许很想知道，柏勒洛丰为何非要找到这匹飞马。那就趁他默默等待珀伽索斯出现的时候，来好好聊一聊这件事吧。

如果要把柏勒洛丰以前所经历的所有冒险都讲上一遍的话，那可就说来话长了。所以长话短说，在亚洲的某一个国家，出现了一只恐怖的怪兽，名叫"喀迈拉"，它做下的坏事数不胜数，从现在一直讲到日落都讲不完。据我所知，喀迈拉是世界上最丑恶、最狠毒的怪物，它身形怪异、不可捉摸、难以制服，而且最难从它手中逃脱。它的尾巴就像是大蟒蛇，身躯却长得四不像，有时还会变化出三个头：狮头、羊头和令人恶心的蛇头，三张嘴里能同时喷出火焰！这是一只会在地上奔跑的怪物，不知道是不是有翅膀，但不管有没有，总之它跑起来时既像是山羊，又像是狮子，爬行时又像一条大蛇，所以奔跑起来的速度和三种动物加在一起那么快。

有关这只恐怖怪兽所做过的坏事，那真是说也说不完！它喷出一口火焰，就能烧掉一座森林，或是一片粮田，甚至能把一个村子夷为平地，把所有的篱笆和房屋烧得一个都不剩。它肆意破坏整个国家，经常生吞人类和动物，然后在自己炽热的胃里把这些猎物统统烤熟。老天！孩子们，真希望我们永远都别遇见喀迈拉！

就在这个可恨的怪兽在世界另一边为非作歹时，柏勒洛丰恰好经过那里，去拜访那里的国王。国王名叫伊俄巴忒斯，统治的国家名叫"吕基亚"。柏勒洛丰是当时世界上最勇敢的年轻人之一，最大的愿望就是成就一番丰功伟绩，以造福人类，赢得大家的敬慕。在那些岁月里，一个年轻人要想出人头地，唯一的方法就是英勇作战，要么战胜自己国家的敌人，要么战胜邪恶的巨人，或是和危险的恶龙较量；当找不到更凶

《柏勒洛丰、珀伽索斯和喀迈拉》（*Bellerophon, Pegasus and Chimera*），画板油画，17世纪佛兰德斯画家、早期巴洛克艺术杰出代表彼得·保罗·鲁本斯（Peter Paul Rubens，1577—1640）于1635年创作，34×27.5cm 。

恶的对手时，就要和野兽搏斗。伊俄巴忒斯王看出这位年轻的访客勇气可嘉，于是提出让他去和人人恐惧的喀迈拉战斗。如果再不尽快杀死喀迈拉，整个吕基亚都会被它夷为平地，国家将变成一片荒漠。柏勒洛丰毫不犹豫地立即向国王许诺，自己若不能杀死可怕的喀迈拉，宁愿战死杀场，也绝不偷生。

可是首先，这只怪兽奔跑的速度太快了，柏勒洛丰觉得，如果自己徒步和它作战，绝对没有赢的希望。最明智的做法就是能找到一匹世界上最敏捷的骏马。所以，还能有谁比神奇的珀伽索斯更敏捷呢？它长有双翼，更擅长在空中作战。当然，很多人都不相信有长着翅膀的飞马存在，有关它的传说也都是来自夸张的诗词歌赋和道听途说。可尽管听上去难以置信，柏勒洛丰仍然相信珀伽索斯的存在，希望自己能够有幸找到它。一旦骑上飞马的背，他就能在和喀迈拉的战斗中占据上风。

这就是他为何要从吕基亚来到希腊的原因，手里还拿着那个缀满宝石的华丽辔头。这个马辔具有魔力，只要用金制口衔套住珀伽索斯的嘴，飞马就能立刻变得乖顺驯服，并将柏勒洛丰当作主人，任凭他驱使。

可此时这段等待真是无聊又难熬的时光。柏勒洛丰一直在等，希望有一天珀伽索斯能到皮瑞涅泪泉边饮水。他还担心伊俄巴忒斯国王会误以为自己已经逃走，不敢去和喀迈拉战斗。而那只怪兽如今又在做下多少坏事，自己却依然不能去和它战斗，只能坐在这里傻等，看着皮瑞涅泪泉那清澈的泉水从闪亮的沙子里汩汩而出。一想到这里，他感觉十分痛苦。近来珀伽索斯已经很少到这里来，耗尽凡人的一生，它才可能只来这里一次。柏勒洛丰害怕自己还没等到它来就已经老去，那时胳膊已经没有力气，胸中也没有了勇气。噢，这位敢于冒险的年轻人一直在渴望建功立业，让自己功成名就，可此时时间的脚步却是这样沉重而缓慢！等待是如此艰难，生命又如此短促，人类总是花费太多的时光去学习等待。

还好，那个可爱的小男孩很喜欢柏勒洛丰，一直不知厌倦地陪在他身边。每天，柏勒洛丰的希望之花都会渐渐枯萎凋零，可第二天早上，男孩的到来又会给他带来新的希望。

"亲爱的柏勒洛丰，"男孩满怀希望地看着他，"我想，今天我们就能看到珀伽索斯！"

如果不是男孩拥有如此坚定的信念，柏勒洛丰最终无疑会放弃希望，回到吕基亚，然后拼尽全力在没有珀伽索斯的情况下去杀死喀迈拉。如果是那样，可怜的柏勒洛丰至少会被怪兽喷出的火焰烧成重伤，甚至很可能会被杀死，最后被怪兽吞进肚子。除非骑在飞马的背上，否则没人敢去挑战地面怪兽喀迈拉。

一天早上，男孩又更加信心满满地对柏勒洛丰说："最最亲爱的柏勒洛丰，不知道为什么，我感觉今天我们一定会看到珀伽索斯！"

于是，整整一天里，男孩都不曾离开柏勒洛丰半步。他们一起吃了干面包，喝了一些泉水，下午时坐在泉边，柏勒洛丰用手抱着男孩，男孩也把自己的小手放进柏勒洛丰手中。树丛在泉水上投下阴影，树枝上缠绕着葡萄藤，柏勒洛丰呆呆地注视着景物，眼神里却很空洞。而那个善良的男孩却一直盯着水面，他在为柏勒洛丰难过，为希望一天天地破灭而难过，不知不觉，男孩的眼角渗出了几滴泪水，落进了泉水中，和为自己孩子痛哭的皮瑞涅的泪水融在了一起。

然而，令柏勒洛丰最没想到的是，他突然感觉到男孩的小手重重地压了一下自己的掌心，然后听到一声轻得几乎无声无息的低语。

"看那里，亲爱的柏勒洛丰，水里有一个影子。"

年轻人低头看向泛起涟漪的水面，竟然看到了一个影子！那影子就像是鸟，飞得很高很高，雪白色或银色的翅膀上闪耀着太阳的光芒。

"多美的一只鸟！"他说，"飞得比云层还要高，可看上去还是

世界名画 《缪斯与珀伽索斯》（*Muse and Pegasus*），油画，法国19世纪末象征主义画派主要画家奥迪隆·雷东（Odilon Redon,1840—1916)于1900年创作，73×54cm。
飞马珀伽索斯与文艺和科学女神缪斯（Muse）是好朋友。

这么大。"

"我有点发抖，"男孩低声说，"也不敢抬头，它很美，可我只敢看它在水里的倒影。亲爱的柏勒洛丰，你没看到吗？那不是一只鸟，那是飞马珀伽索斯！"

柏勒洛丰的心开始剧烈地跳动起来。他抬头仔细看去，可已经看不到那只飞翔的动物，因为那只生物此时正冲进一片又轻又软的云朵里，可很快又出现在空中，从白云里钻出来，略微下降了高度，只是距离地面还很远。柏勒洛丰把男孩抱在怀里，一起向后退去，躲在了泉边厚厚的灌木丛里。他并不是怕受伤，而是担心万一被珀伽索斯看到，它会立刻飞走，落在哪个高不可攀的山顶上；要知道，那可真是一匹带着翅膀的飞马。他们两个等了这么久，终于等来了珀伽索斯到皮瑞涅泪泉边喝水。

这个神奇的生物在天空中盘旋着，越来越近，就像一只鸽子正从天上落下来。就这样，它一圈一圈地慢慢降落，越靠近地面，圈子就越小，离地面就越近，看上去就越美丽，银色羽翼扇动的样子也越神奇。最后，它终于落了下来，轻盈得几乎连泉边的草叶都没有折断，甚至也没在泉边的沙地上留下一个蹄印。它开始低头饮水，时而发出满足的长叹，时而静静地站在那里，然后再继续喝水。这个世界上，没有任何地方的水能比得上皮瑞涅泪泉，这是珀伽索斯的最爱。喝饱之后，它又嚼了几瓣三叶草甜蜜的花瓣，优雅地咀嚼着，可就是不肯大口大口地享用，因为在高耸入云的赫利孔山上，还有更合它胃口的牧草。

心满意足后，它又挑剔地品尝了几口其他吃的，然后开始蹦来蹦去，像是在跳舞。看样子它有些无聊，正在取乐；还没有哪个动物像珀伽索斯这样爱玩闹。它就这样在那里蹦着，那场景让我想起来就觉得快乐。它轻盈地扇动着巨大的翅膀，就像一只小红雀，还不时快跑上几步，一半在地上，一半在空中，这是在飞行还是飞奔？当动物有了飞行的能力，偶尔也

会故意奔跑，但纯粹是为了取乐；珀伽索斯就是这样，虽然它很难让自己安分地留在地面。此时，柏勒洛丰正握着男孩的手，从灌木丛中向外看着，心想这是自己从没见过的美丽景象，也从没见过哪匹马会有珀伽索斯这样狂野不羁、充满生气的眼神。想到自己将要给它套上缰绳，骑在它的背上，柏勒洛丰觉得那简直就是一种罪过。

有时，珀伽索斯会停下来嗅嗅空气里的味道，然后竖起耳朵，晃着脑袋四处张望，似乎是在怀疑附近有什么敌人；可一旦没发现什么，便又立刻继续玩闹起来，做着各种滑稽的动作。

最后，珀伽索斯终于合上翅膀，躺在了柔软碧绿的草地上。它并不是累了，仅仅是因为无聊，想放纵一下自己。不过，它已经习惯飞翔，精力过于充沛，很难长时间保持不动，于是很快又把四条修长的腿伸到空中，躺着打起滚。那景象实在太美了：这是一个孤单的生命，没有同伴，也不需要同伴，已经生存千百年，一直快乐无比；它的样子越像普通的马，看上去就越脱俗，越神奇。柏勒洛丰和男孩屏住呼吸，既高兴，又害怕，更多的是因为他们害怕会惊扰到它，哪怕一点点动静，都可能会让它像箭一样冲上天空，消失在蔚蓝的天际。

最后，玩够了的珀伽索斯翻过身子，像普通马一样慵懒地伸出前腿，准备从地上站起来。柏勒洛丰已经猜到它要做什么，于是立刻从灌木丛后猛冲上去，双腿一跨，坐到了它的背上。

没错！他就这样骑在了那匹飞马的背上！

可珀伽索斯却是平生第一次感觉到背上多了一个凡人的重量，它随即一跃而起。这一跳可真是了不得！柏勒洛丰还没来得及喘口气，就发现自己已经置身在五百英尺的高空，而且还在急速地往上冲。受惊的珀伽索斯非常生气，它打着响鼻，浑身栗抖，不断地向上飞着，直到一头撞进云朵，钻进清冷的雾气中。而柏勒洛丰前一秒还在盯着那片白云，心想这里

面真是个好地方；可下一秒珀伽索斯就闪电般地从云里冲了下来，像是要把自己和骑在身上的人一起撞向岩石。接着，它陷入极度的疯狂，不断地跳跃着，看起来既像一只鸟，又像一匹马。

我无法完整描述当时是怎样的一种场景。珀伽索斯急急地一会儿向前，一会儿向后，一会儿向左，一会儿向右，后腿着地，直直地竖起全身，前腿踏在一圈云雾里，后腿悬在空中；它向后甩开四蹄，把头埋在腿间，双翼直冲向天；在距离地面约有两英里时，又忽然张开翅膀，翻了个筋斗，背上的柏勒洛丰也被完全掀了过来。珀伽索斯扭过头，紧紧地盯着柏勒洛丰的脸，目光灼灼，恶狠狠地向柏勒洛丰咬去，同时拼命地扇动着羽翼，弄掉了一根银色的羽毛，飘落到地面上，被那个男孩捡了起来。男孩从此一生都珍藏着这根羽毛，以此作为对珀伽索斯和柏勒洛丰的纪念。

可柏勒洛丰却是世界上最好的骑手，他一直在等待机会，最后终于猛地将魔法辔头上的金口衔套在了飞马的嘴上。珀伽索斯立刻变得温驯起来，像是自己生来就要得到柏勒洛丰的食物和照顾一样。现在我来说说自己的感受吧：看到这样一只狂野的动物瞬间变得如此驯服，还真是有点令人感伤。珀伽索斯似乎也有这种感觉，于是转过头看着柏勒洛丰，刚刚还灼灼烧人的美丽眼睛，此时正饱含着泪水。但柏勒洛丰拍了拍它的头，又说了几句温柔安慰的暗语，珀伽索斯的眼里终于换上了另外一种神情。孤独地生活了千年百年，此时的它终于找到了同伴和主人，它的内心深处还是很兴奋的。

飞马一向如此，而所有狂野孤单的生物也一样。一旦抓住并驯服它们，你必能赢得它们的爱。

就在珀伽索斯用尽全力想把柏勒洛丰甩掉时，不知不觉又已经飞出了很远。而金口衔一套到珀伽索斯的口中，他们便立刻看到了一座高山。柏勒洛丰以前见过这座山，知道那就是赫利孔山，山顶就是飞马的家园。珀

飞马上的柏勒洛丰（瓦尔特·克兰，手绘插图。）

伽索斯转过头，温柔地看着主人，像是在请求主人允许它立即起飞。得到默许后，它忽然起飞冲向赫利孔山，落到山顶后，耐心地等待柏勒洛丰下马。年轻人从马背上跳下来，手中紧握着缰绳。可当他看到珀伽索斯的眼神时，又被飞马温和的神情深深打动，想起自己从前曾是多么自由快乐；如果珀伽索斯真的渴望自由，他又怎么忍心让它从此成为自己的囚徒呢！

于是他顺从了自己的这个想法，将魔法辔头从珀伽索斯的头上卸下，又从他嘴里取出了金口衔。

"去吧，珀伽索斯！"他说，"要么离开我，要么继续爱我。"

瞬间，飞马就几乎冲出了视线，从赫利孔山的山顶直冲云霄。此时距离太阳落山已经很久，山顶已接近黄昏，四周笼罩在茫茫的暮色之中。珀伽索斯飞得那么高，似乎赶上了即将逝去的白昼，追上了太阳，浑身沐浴在阳光里。它飞得越来越高，最后只剩下一个亮点。终于，荒凉虚空的天空中再也看不到它的影子。柏勒洛丰开始担心，自己可能再也看不到珀伽索斯，不由得有点后悔。可就在此时，那个亮点又出现了，而且越来越近，直直地降落下来。噢！珀伽索斯回来了！经过这次考验之后，柏勒洛丰再也不担心飞马会自己逃跑，他们变成了彼此喜爱、互相信任的朋友。

当天晚上，他们就依偎在一起睡着了，柏勒洛丰的手臂一直搂着珀伽索斯的脖子。这并不是为了防止飞马逃跑，而是出于对它的友好和爱护。第二天，天刚蒙蒙亮，他们就都醒了，然后用各自的语言互相道了早安。

就这样，柏勒洛丰和飞马在一起度过了几天的时光，他们彼此越来越熟悉，感情也越来越深。他们会一起飞翔很久，有时高得从地球上看过去也只比月亮大一点；他们还去了遥远的陌生国度，那里的居民看到他们后都惊奇不已，以为这位骑着飞马的俊美青年一定是天神下凡。日行千里对于敏捷的珀伽索斯来说易如反掌；柏勒洛丰喜欢这种生活，也希望此后能一直这样高高地飞在天上，快乐度日，因为不管低空怎样阴雨绵绵，高空

总是阳光普照，温暖宜人。可他并没有忘记对伊俄巴忒斯国王的承诺，他必须要杀死可怕的喀迈拉。最后，他终于熟练掌握了空中骑马的技艺，学会了如何毫不费力地驾驭珀伽索斯，并让它听从自己的吩咐；最后，他终于决定踏上危险的征程。

天亮时分，刚一睁开眼，他就轻轻地捏了捏飞马的耳朵把它叫醒。珀伽索斯立刻站起身，腾空飞起二十多英里，接着又绕着山顶飞了一大圈，以证明自己十分清醒，并已做好了去任何地方的准备。飞行中的它还发出一声嘶鸣，那声音高亢清脆，十分悦耳；最后它轻轻地降落在柏勒洛丰身边，轻得就像是麻雀在枝头上跳跃。

"好样的，亲爱的珀伽索斯！好样的，天行者！"柏勒洛丰一边温柔地抚摸着马背，一边大声说，"现在，敏捷又美丽的朋友，我们该吃早餐了。今天我们可要去和恐怖的喀迈拉战斗。"

吃过早饭后，他们喝了几口希波克林泉水，之后珀伽索斯便立刻主动昂起头，让柏勒洛丰为自己套上辔头。接着它开始不停地跳着，以示自己已经等不及出发。主人则正忙着备战，在腰间佩好宝剑，又在脖子上挂好盾牌。万事俱备，柏勒洛丰这才跨上飞马，向上直飞五英里，这是他远行时的习惯，为的是看清前方的路线；然后驾着飞马转向东方，开始向吕基亚进发。他们在飞行时赶超过一只老鹰，那只鹰还来不及给他们让路，他们就已经到了老鹰的身边，柏勒洛丰说不定还能轻松地抓住老鹰的腿。就这样，他们一直匆匆赶路，到达吕基亚上空时，才不过是上午，下面就是壮阔的群峦和幽深崎岖的山谷；柏勒洛丰哪里知道，那个丑恶的喀迈拉就安家在这些阴森可怕的山谷中。

已经抵达了终点，飞马和骑手于是慢慢下降高度，利用山顶上的浮云隐藏自己，以免被敌人看到。柏勒洛丰骑着马盘旋在一片云的上方，穿过云朵仔细向下看，清楚地看到了吕基亚连绵起伏的山峦和所有幽深阴暗的

峡谷。起初，这里看上去似乎并无异常，只是位于崇山峻岭中极其荒野崎岖的地段。这个国家的平原上到处散落着被烧毁的房屋，曾经放牧的草场上遍布牲畜的尸体。

"一定是喀迈拉干的，"柏勒洛丰心想，"可那个怪兽到底在哪里？"

就像刚才所说，这里一眼望去，除了峻峭的高山和大大小小的谷地，也没什么异常的地方，只有一个洞穴口，正往外冒着三股螺旋上升的黑烟，缓慢地升腾到空中，还没到山顶就互相融为了一体。那个洞穴几乎就在飞马和骑手的正下方，距离他们约有一千英尺。这些缓慢上升的黑烟正发出一股硫黄的刺鼻味道，令人窒息。珀伽索斯喷着鼻息，柏勒洛丰也忍不住打起喷嚏。这匹神马一向习惯最纯净最清新的空气，此时这股气味令它非常难受，于是它扇着翅膀，一口气飞出了半英里之外。

可当柏勒洛丰朝后看去时，不由得抓紧了缰绳，让珀伽索斯也转过身来。他作了个指令，珀伽索斯立刻会意，慢慢地向低空飞去，直到马蹄距离崎岖不平的谷底只有不到一人高。而前方不远处就是那个飘出三股黑烟的洞穴口。猜一猜柏勒洛丰在那里看到了什么？

洞里蜷伏着几个奇形怪状、丑陋不堪的怪兽，彼此身体靠得很近，柏勒洛丰一时无法分辨到底是几个。不过，从头来看，一个是巨蛇，一个是猛狮，还有一个是丑陋的山羊。狮子和山羊好像睡着了，可那条巨蛇却完全清醒，一直在用火红的眼睛四下张望。最令人难以置信的是，这三股烟正是从这三个头上的鼻孔中喷出来的！这样的景象太诡异了，虽然柏勒洛丰一直在寻找怪兽，可看到眼前的情景之后，却一时没有反应过来这就是可怕的三头怪兽喀迈拉。原来这就是喀迈拉栖身的洞穴，而那条蛇、狮子和山羊，也不是他想象中的三只动物，而是怪兽喀迈拉的三个头！

这个凶恶可恨的东西！三分之二的身体在打盹，但可怕的爪子下还抓

着一具残骸，那是一只不幸的绵羊，也很可能是个可爱的男孩（我真不愿这么想）。看样子，喀迈拉刚才一直在用三张嘴啃咬着这具尸体，直到羊头和狮头睡着了。

柏勒洛丰这才如梦初醒，原来这就是喀迈拉！珀伽索斯似乎也明白了过来，发出一声长嘶，像是战斗的号角。听到这个声音，那个怪兽的三颗脑袋立刻挺直了起来，各自喷着烈焰。柏勒洛丰还来不及想对策，怪兽就已跳出洞穴，向他直冲过来。它伸出巨爪，弯曲的蛇尾在身后恶狠狠地扭着。如果珀伽索斯不是像鸟一样敏捷，他们肯定会被喀迈拉掀到地上，战斗还没有正式开始就宣告结束。可我们的飞马才不会就这样被击中；眨眼之间它就跃到了半空中，愤怒地喷着鼻息。它浑身战栗，并不是出于恐惧，而是对可怕的三头怪兽的无比厌恶。

喀迈拉此时高高地抬起身体，全身的重量都支撑在尾巴尖上，长长的爪子在空中挥舞，三颗头一齐向珀伽索斯和他的主人喷射火焰。天啊！它时而咆哮，时而怒吼，时而又咝咝作响，真是可怕极了！而柏勒洛丰此时正把盾牌挂到手臂上，并抽出了长剑。

"亲爱的珀伽索斯，"他在飞马的耳边轻声说，"你一定要帮我杀死这个可恨的怪兽，不然你就只能孤单地回到那个僻静的山峰，再也见不到你的朋友柏勒洛丰。我要么杀死它，要么被他的三张嘴啃掉脑袋，我这颗脑袋可还曾经枕在你的脖子上睡过觉呢！"

珀伽索斯长嘶一声，转过头，用鼻子轻轻地蹭着主人的脸。它在用这种方式告诉柏勒洛丰，虽然它是一匹带着羽翼、永远不死的飞马，但它宁愿死去，也不愿抛下柏勒洛丰（当然前提是如果这匹神马有可能死亡的话）。

"谢谢你，珀伽索斯，"柏勒洛丰回应道，"现在，我们一起冲向怪兽吧！"

说完，他勒了勒手里的缰绳，珀伽索斯便飞也似的斜冲了过去，就像一支离弦之箭，扑向了喀迈拉的三个头。那些头刚刚还在一直用力地向上挺着，当飞马距离怪兽只有一臂之遥时，柏勒洛丰挺剑向喀迈拉刺去，可还没来得及看到结果，速度太快的飞马就把他带到了前面。奔跑中的珀伽索斯立刻回转身，直到再次拉近与喀迈拉的距离。这次，柏勒洛丰发现自己几乎完全割下了怪兽的羊头，只是头上还连着一点皮，不断地摇晃着，看上去已经完全死掉了。

然而，为了挽回不利的战局，怪兽的蛇头和狮头变得更加凶猛，像是将羊头的力量都转移到了自己身上。它们不断地喷出火焰，咝咝怪叫，大声咆哮，比之前更加狂暴。

"别怕，勇敢的珀伽索斯！"柏勒洛丰大喊道，"再来一次，我们要终结蛇头的嘶叫和狮头的咆哮！"

于是他再次勒紧缰绳。飞马像上次一样斜刺向喀迈拉，柏勒洛丰则在掠过喀迈拉身边的一刹那瞄准其中一颗头，急速砍了下去。可这一次，他和珀伽索斯都没能像上次那样轻松脱身。喀迈拉的一只利爪狠狠地划伤了年轻人的肩膀，另一只则给飞马的左翼造成了轻伤。至于柏勒洛丰，他却给狮头造成了致命伤害；狮头现在只能向下垂着，火焰也差不多已经熄灭，只剩嘴里喘着气，喷出乌黑的浓烟。不过，那颗仅剩的蛇头却比之前更加凶猛狠毒，喷出了几百米远的火焰，还发出巨大的咝咝声，那声音尖利刺耳，远在五十英里外的国王伊俄巴忒斯都听到了，他吓得全身颤抖，连身下的宝座也跟着一起抖了起来。

"噢！"可怜的国王心里想，"喀迈拉一定会冲过来把我吞掉！"

此时珀伽索斯再次停在空中，愤怒地嘶吼，清澈晶莹的眼里冒着火。这火光和喀迈拉嘴里那骇人的火焰完全不同！天马的斗志被彻底激发，包括柏勒洛丰。

"天马！你流血了吗？"年轻人大喊。比起自己的伤势，他更关心这头神兽所遭受的痛苦，这匹飞马本该永远也不知道痛苦的滋味。"可恶的喀迈拉！你要用最后一颗头颅来偿还对飞马造成的伤害！"他大喊道。

接着，他拉紧缰绳，高喊着再次发起进攻。这次他没有像前两次那样从侧面进攻，而是带着珀伽索斯向怪兽的正面冲去。这次的进攻十分迅猛，只电光一闪，他们就冲到了怪兽面前，开始短兵相接。

已经丢掉两颗脑袋的喀迈拉此时疼痛不已，它恼羞成怒、四处乱窜，一会儿趴在地上，一会儿跳到半空，根本捉摸不透它究竟会停在哪里。它张开令人憎恶的巨大蛇嘴，让正在全速前进的珀伽索斯差点直冲进它的喉咙里！喀迈拉冲着他们喷出一股强大的灼热气流，把人和马紧紧地裹在里面，烧伤了珀伽索斯的翅膀，也烧焦了柏勒洛丰的金色卷发，让他们从头到脚都灼热难当。

不过比起接下来要发生的事，这可算不了什么。

正当飞马腾空而起，在空中疾驰，试图将柏勒洛丰带到一百米开外时，喀迈拉忽然一跃而起，用它那巨大、笨拙、恶毒又令人恶心的残躯扑向可怜的珀伽索斯，紧紧地缠住了它，还用蛇尾打了个结！飞马高高地飞起，越过山巅，直冲天际，而且越飞越高，高到几乎看不见地面。可那个地面怪兽却仍然紧抓不放，被属于光明和天空的飞马直带到高空中。就在这时，柏勒洛丰转过身，发现自己正面对着喀迈拉那张丑陋的脸。于是他举起盾牌，以防被火烧死或被拦腰咬断。接着他越过盾牌，紧紧地盯着怪兽凶残的眼睛。

喀迈拉此时由于疼痛难当，已经变得疯狂无比，根本无法像平时那样保护自己。或许和喀迈拉战斗的最好办法就是尽量地接近它，因为当它试图将可怕的铁爪刺向敌人时，自己的胸口也就暴露无遗。柏勒洛丰瞅准这一点，将长剑深深地插进喀迈拉的心脏。喀迈拉的蛇尾立刻松开了珀伽

柏勒洛丰杀死喀迈拉（瓦尔特·克兰，手绘插图。）

索斯，直直地从高空上坠落下来，胸口的火焰非但没有熄灭，反而烧得更猛，很快就吞噬了整具尸体。喀迈拉就这样全身是火，燃烧着从空中落下，当时已是黄昏，人们还以为那是一颗流星或彗星。可第二天清晨，村民出门干活儿时却大吃一惊，发现黑色的灰烬竟然蔓延了好几英亩地；一块田地中间还出现了一堆白骨，堆得比草垛还要高。原来，怪兽喀迈拉只剩下了残骸！

取得胜利的柏勒洛丰热泪盈眶，他俯身亲吻了珀伽索斯。

"回去吧，亲爱的飞马！"他说，"让我们回到皮瑞涅泪泉！"

珀伽索斯在空中掠过，飞得比以前更快。很快，他们就来到了泉边。柏勒洛丰看到那个老人依然倚着拐杖，那个中年农夫依然正在饮牛，那个少女依然在用水罐取水。

"我想起来了，"老人说，"当我还是个年轻人时，曾见过这匹飞马，不过那时它比现在俊美多了。"

"我有一匹拉车的马，能抵得上三匹这样的马呢！"农夫说，"如果这匹马归我，我要做的第一件事就是把他的翅膀剪掉！"

那个少女则一直一言不发，因为她总是在错误的时间莫名地感到害怕。于是她再次跑开了，水罐掉在地上摔得粉碎。

"那个可爱的男孩在哪里？"柏勒洛丰问道，"他曾经和我做伴，并且从未失去信心，从不厌倦，一直凝视着泉水。"

"我在这里，亲爱的柏勒洛丰！"男孩轻柔地答道。

男孩曾日复一日地守在皮瑞涅泪泉边等着他的朋友回来。可当他看到柏勒洛丰骑着飞马从云端降落时，却躲在了灌木丛后。他温和而敏感，不想让老人和中年农夫看到他已泪如雨下。

"你赢了！"他高兴地跑到柏勒洛丰膝旁，此时柏勒洛丰仍旧骑在珀伽索斯的背上，"我就知道你会胜利。"

"是的，亲爱的孩子！"柏勒洛丰一边下马，一边说道，"要不是你的信念激励了我，我是绝对等不到珀伽索斯的，也绝不可能飞上天空，更不可能战胜可怕的喀迈拉。亲爱的朋友，这一切都应归功于你。现在，就让我们将自由还给珀伽索斯吧！"

说着，他将带有魔力的辔头从神奇的飞马头上取了下来。

"你永远自由了，珀伽索斯！"他高喊道，声音里不免带着一丝伤感，"去自由地生活和飞翔吧！"

可珀伽索斯却把头靠在柏勒洛丰的肩上，无论如何都不肯飞走。

"好吧，"柏勒洛丰爱抚着飞马，"如果你愿意，就这样一直留在我的身边。我们这就出发，去告诉伊俄巴忒斯国王，喀迈拉已经被我们杀掉。"

柏勒洛丰拥抱了那个乖巧的男孩，并答应他以后还会再回来看他，接着便离开了。不过，在以后的岁月里，这个男孩依然会时常遨游太空，甚至飞得比飞马珀伽索斯还要高；他建功立业，比那个曾杀掉喀迈拉的朋友柏勒洛丰更为人所称道。因为他是那样温和细腻，长大以后成了一位伟大的诗人！

喀迈拉

·············

秃顶峰

尾 声

尤斯塔斯饱含激情，生动地描述着柏勒洛丰的传奇故事，就像他真的骑过飞马遨游天空一样。故事快要结束时，他欣慰地从小听众的表情里看出了这个故事的吸引力。除了樱草花，其他孩子的眼神都雀跃不已。但这一次，樱草花的眼中居然闪着泪光，因为她在故事中感受到了某种东西，而其他孩子都太小，还不能体会得到。尽管这是个孩子的故事，可这位大学生却倾注了他特有的热情和无尽的希望，以及他那富有想象力的进取之心。

"好吧，我原谅你了，樱草花，"他说，"尽管你总是嘲笑我和我的故事，但一滴泪，足以弥补这么多的嘲笑。"

"噢，布莱特先生，"樱草花擦了擦眼睛，又恢复了调皮的微笑，

"看来爬上云端，的确可以提升你故事的境界。我建议以后除非像现在这样站在山顶上，否则你就再也不要讲故事了。"

"或者坐在珀伽索斯的背上，"尤斯塔斯笑着说，"你不觉得我把那匹神奇的飞马描绘得非常出色吗？"

"你的玩笑总是这样不着边际，"樱草花拍着手说，"我现在想的是，你在两英里高空中的马背上，大头冲下掉下来！还好，你在我们这里骑的马，不过是老实听话的'戴维'和'老百'，还没机会在其他狂野的马匹上试验你的骑术！"

"我吗？我希望此时此刻就在珀伽索斯身边，"尤斯塔斯说，"那样我就会立刻上马，骑着它在乡间驰骋，在方圆几英里的土地上拜访几位作家兄弟，畅谈文学和创作。我会在塔克尼克山脚下见到杜威博士[①]，在斯托克布里奇见到詹姆斯先生[②]，他可是因众多的历史研究著作和浪漫小说而闻名于世；还有朗费罗[③]，我相信他现在还不在牛轭湖[④]，否则珀伽索斯一看到他就会仰天长啸。不过，在莱诺克斯，我会找到真正的小说家，她[⑤]对伯克希尔的山川风景如数家珍，并把它们都收入了作品之中。在皮茨菲尔德那里，则端坐着赫尔曼·梅尔维尔[⑥]，他正在构思创作他那部恢弘的《白鲸》传奇，灰锁山雄伟的影子正映照在他书房的窗子

---

① 此处很可能是指切斯特·杜威，Chester Dewey，美国植物学家、教育家。——译者注

② George Payne Rainsford James，乔治·佩恩·兰斯福·詹姆斯，英国小说家、历史学家。——译者注

③ Henry Wadsworth Longfello，亨利·沃兹沃斯·朗费罗，19世纪美国最伟大的浪漫主义诗人之一，与霍桑是同班同学。——译者注

④ Ox-bow，废弃河道曲流湾里的小湖。朗费罗曾希望在这里修建一座城堡，1850年购买了这片土地，但并未能立刻建起房子。——译者注

⑤ 此处是指美国小说家凯萨琳·玛利亚·塞吉维克，Catherine Maria Sedgwick，以家庭小说闻名。——译者注

⑥ Herman Melville，美国小说家、散文家和诗人，代表作《白鲸》。他和霍桑是邻居，也是朋友。——译者注

上。如果飞马再飞上一圈，还会把我带到霍姆斯先生①家门口，之所以最后才提到他，是因为见到他之后，珀伽索斯一定会立刻将我摔下马背，将这位诗人当作主人。"

"我们的邻居不也是一位作家②吗？"樱草花说，"就是那个沉默寡言，住在丛林大道边上，那个红房子里的人。我们有时还会看到他带着两个孩子③，徜徉在树林和湖边。我听说他也写过一本书，好像是诗歌，又好像是浪漫小说，也可能是算术或校史，还是什么别的。"

"小声点，樱草花，"尤斯塔斯将手指放在唇边兴奋地小声说道，"千万别提那个人，就算在山顶上也不行！如果我们的闲聊被他听到，惹他不高兴，他会把几叠手稿扔进火炉，你、我、长春花、香蕨木、南瓜花、蓝眼草、黑果木、三叶草、流星花、车前草、小乳草、蒲公英和金凤花，对，还有对我的故事提出批评的那位高明的普林格尔先生，以及可怜的普林格尔太太，都会化成一缕青烟，从烟囱口飘出去，化为乌有！据我所知，这位住在红房子里的邻居，对其他人来说是无害的，可有一种神秘的力量告诉我，他能对我们施展魔法，简直会把我们彻底毁灭！"

"那丛林别墅也会和我们一样被烧成灰烬吗？"长春花有些被吓到了，"还有，本和布鲁恩会怎么样？"

"丛林别墅会继续存在，"尤斯塔斯说，"看上去就和现在一模一样，可里面会住着完全不同的一家人。本和布鲁恩也会活得好好的，每天舒服地吃着餐桌上掉下的骨头，把和我们一起度过的美好时光忘得精光。"

"你在胡说什么！"樱草花大声说。

一群人就这样一边闲聊一边下山，此时已走到了林荫中。樱草花顺手

---

① Oliver Wendell Holmes,Sr.，老奥利弗·温德尔·霍姆斯，美国著名作家，19世纪最佳诗人之一。——译者注

② 这里应该是指霍桑自己。——译者注

③ 这里应该是指霍桑的大女儿乌娜和儿子朱利安。——译者注

采了几支山月桂。这些山月桂的叶子虽然是去年长起来的，但仍然青翠而富有弹性，就像是反反复复的霜冻并没有对它造成任何损伤。樱草花用月桂枝编了一个花环，摘下尤斯塔斯的帽子，把花环戴到了他的头上。

"就你的那些故事，别指望会有人会给你戴上桂冠，"淘气的樱草花尖刻地说，"所以还是戴我这个吧。"

"可别说得这么绝对，"尤斯塔斯充满光泽的卷发上戴着桂冠，看上去就像是一位青年诗人，"我那些神奇美丽的故事真的不会得到别人授予的桂冠吗？我打算利用剩余的假期，以及大学时代的夏季学期，把这些故事写成书稿，然后出版。去年夏天我在伯克希尔认识了一位出版商，也是诗人，名叫J.T.菲尔兹①，他只要看上一眼，就会知道这本书稿罕见的妙处。他还会给故事配上插图，我希望是比林斯②画的，好让故事更加吸引人，还会通过著名的提克那出版社③让它面世。从现在起，大约五个月之后，我相信我一定会被文坛誉为时代之光！"

"可怜的年轻人！"樱草花像是在自言自语，"他将会是多么的失望！"

大家又往山下走了一会儿。布鲁恩突然大叫起来，稳重的本则用更低沉的吠声回应着。原来这只忠诚的老犬一直在小心翼翼地守护着蒲公英、香蕨木、流星花和南瓜花。这些孩子在休息了一阵子之后，开始到处去采白珠果，此时正跑过来和其他同伴会合。于是，大家继续下山，途中经过了路德·巴特勒④的果园，所有人都在尽情说笑，快乐地向丛林别墅走去。

---

① James Thomas Fields，美国著名出版商、编辑、诗人。——译者注
② Charles Howland Hammatt Billings，哈马特·比林斯，美国著名画家、插画家、雕塑家、建筑师，代表作《汤姆叔叔的小屋》插画。——译者注
③ 由威廉·戴维斯·提克那（William Davis Tickor）创办，1850年为霍桑出版《红字》，提克那从此成为霍桑的好友；之后该出版社又出版众多文学大家作品，因此闻名。——译者注
④ 应该是指霍桑的邻居，一个农民。据霍桑的儿子朱利安回忆，霍桑一家住在莱诺克斯期间，朱利安常陪着他父亲每天步行到巴特勒家取牛奶和黄油。——译者注